검신급 공무원의 회귀

DECA MEDIA

검신급 공무원의 회귀 5

초판 1쇄 2025년 12월 24일

지은이 자리 · **발행인** 김정수 · **고문** 이종주
발행처 데카미디어 · **출판등록** 2025년 4월 17일
주소 서울시 영등포구 당산로 214 · **E-mail** tradejjang0@gmail.com
유통 · 판매 관리 (주)행운사 · **Tel** (031)901-1137 · **FAX** (031)901-4140
E-mail luckybogo222@naver.com · luckybogo222@daum.net

ISBN 979-11-7513-032-6 (5권)
ISBN 979-11-7513-027-2 04810 (세트)

검신급
공무원의
회귀
자리 퓨전 판타지 장편소설
5

차 례

Chapter 1

[철의 골짜기가 공략되었습니다.]

게이트 바깥.

시스템 알림과 함께 게이트 공략을 뜻하는 게이트 라인이 사라졌다.

덕분에 바깥은 완전히 난리가 났다.

"어어?"

"저거 왜 저래?"

"게이트 라인이 왜?"

"어, 설마?"

"미친, 설마?"

술렁이는 군인들.

시간도 아직 오후 때라 이게 새벽 근무 서다 본 꿈이라고 착각하는 이는 없었다.

특히 본부에서 대기 중이던 강혁 소령이 가장 놀랐다.

이윽고 스퀘어 내부 CCTV에 수호와 정철민이 잡히는 걸 보고 군인들은 스퀘어 입구로 우르르 몰려가 두 사람을 기다렸다.

그리고 두 사람이 나온 직후, 정철민이 어색하게 웃었다.

"하하…… 아, 안녕하세요?"

"이게 어떻게 된 겁니까? 정말 게이트가 클리어 된 건가요?"

"하하, 예…… 사실 이게 어떻게 된 일이냐면……."

정철민은 시험 담당자이자 책임자답게 수호 대신 일련의 상황들을 설명했다.

정확히는 대신 거짓말을 해준 거지만 정철민을 의심하는 사람은 아무도 없었다. 오히려 걱정을 할 뿐.

"저런…… 괜찮으세요?"

"네, 수호 씨 덕분에 겨우 목숨을 건졌습니다."

"허…… 역시 명성대로 정말 대단한 분이셨군요……."

정철민이 수호에게로 공을 돌리자 강혁 소령을 비롯한 모두가 감탄한다.

그리고 현장을 깔끔하게 마무리 지을 수 있었다.

이윽고 서울로 다시 돌아가는 길, 정철민이 운전하며 말했다.

"근데 알죠? 제가 모르는 척해도 이미 일 자체는 벌어진 거라 이번 일을 계기로 몇 가지 조항이 바뀔 수도 있다는 거."

"예를 들면요?"

"아마 게이트 관리과의 전통부터 사라질 겁니다. 게이트부 연수 때 시험자가 원하는 게이트를 선택하게 해주는."

상식적인 대처였다.

여태까진 별로 위험하지 않다 판단되어 터치하지 않은 일일진대 갑자기 습격을 받았다고 했으니 이젠 연수용 게이트도 따로 지정해서 내어줄 터.

'근데 뭐 나랑은 상관없지.'

애초에 그게 엄청난 특권 같은 것도 아니었고 그냥 게이트 관리과로 꼬셔 오게 만들기 위한 전통이었으니까.

'정 아쉬우면 봉인 게이트는 빼고 고르게 할 수 있게 손쓰지 뭐.'

아니, 애초에 이 문제를 언급 못 하게 하는 방법도 있었다.

수호한텐 박규민이 있었으니까.

그러나 생각한 바를 그대로 말할 순 없기에 수호는 우선 죄송하다는 표정부터 지었다.

"죄송합니다. 저 때문에 부서의 귀한 전통이 사라지게 되겠네요."

그 말에 정철민이 피식 웃었다.

"왜 죄송해요?"

"네?"

"수호 씨 미안해하라고 한 말 아니에요. 그냥 우리가 이번에 한 행동이 앞으로 어떤 결과를 가져올 수 있는지를 알려주는 겁니다. 정확히는 공직 생활의 일처리 메커니즘을 알려주는 거죠. 수호 씨 공직 생활, 이번이 처음이잖아요."

"그렇긴 하죠?"

"수호 씨, 회사원이랑 공무원이랑 차이가 뭔지 알아요?"

"뭘까요?"

"회사는 이익을 추구하는 곳이라 과정이 조금 위험해도 리스크보다 이익이 더 크면 위험은 대충 덮고 가기도 합니다. 근데 공무원은 좀 달라요."

정철민이 운전하며 말을 이어나갔다.

"이익을 내지 않아도 되는 집단은 무조건 자신들의 안전만을 추구합니다. 그래서 나중에 또 이런 일이 생길 것을 대비해 위험을 대부분 제거하죠. 대표적인 집단이 군대예요. 요즘 군대도 그럴지는 잘 모르겠지만 옛날에는 병사가 컵라면 먹다가 체하거나 다치면 PX에 컵라면 자체를 못 팔게 하고 그랬어요."

"……너무 무식한 대처 아닌가요?"

"근데 그렇게 해도 자기들…… 그러니까 간부들이 손해 볼 건 없으니까 그렇게 하는 거죠. 자기들은 밖에서 사먹으면 되니까. 하지만 병사들이 잘못되면 자기들한테 불이

익이 생기니 극단적인 조치를 취하는 거죠. 아무튼 그런 의미에서 이번에 제가 못 본 척해 드리기로 한 건 수호 씨가 게이트에서 싸우는 모습을 보고 싶어서 그런 것도 있긴 한데 관리과 전통보다는 봉인 게이트 하나를 더 줄이는 게 낫다고 판단해서 그런 것도 있어요."

"……아."

여태 정말로 몰랐던 척 리액션만 취하던 수호는 처음으로 자기도 모르게 진심으로 감탄사를 내뱉었다.

'역시 철민이 형이네.'

낭만과 로망은 낭만과 로망이고 따질 건 확실하게 따진다.

그러나 그 따짐이 사익을 위함이 아니라 공익을 위함이 크다.

그게 수호가 아는 정철민이었다.

수호가 피식 웃으며 말했다.

"알려주셔서 감사합니다. 많이 배웠습니다."

"하하, 그렇게 말해줘서 고마워요. 요즘엔 이런 거 알려주면 마냥 잔소리 취급하는 사람도 많거든요."

"그런 사람들은 생각이 어린 친구들이라고 생각합니다. 앞으로 제 사수가 되실지도 모르는데 많이 배우겠습니다."

"사수라…… 정말 그랬으면 좋겠네요."

"그런 의미에서 이젠 말씀 편하게 하시는 게 낫지 않으세요?"

원래도 형동생 하며 지내던 사이다.

그렇기에 수호는 하루라도 빨리 정철민과 편하게 대화를 나누고 싶었다.

수호의 제안에 정철민이 피식 웃으며 말했다.

"정말로 내 밑으로 오면 그때 놓을게요. 그전까진 공사 구분해야죠."

"하하, 알겠습니다."

"자, 그럼 대충 알려드릴 건 알려드렸고…… 아 참, 당연한 이야긴데 이번 게이트 관리과 평가는 만점입니다. 봉인 게이트까지 공략한 마당에 점수 깎는 게 더 웃기잖아요?"

"감사합니다. 그럼 전 내일 바로 관리과 평가로 넘어가나요?"

"별일 없으면 관리과 평가 보셔야죠. 그 다음은 특수부로 넘어가는 거고. 그런 의미에서 감지과에서 치를 평가는 뭐일 것 같아요?"

감지과 평가.

뭔지 안다.

하지만 모른 척 물었다.

"감지과니 게이트 감지에 대한 시험을 보지 않을까요?"

"뭐, 평범하게 예상하면 그렇긴 한데 사실 게이트란 게 언제 어디서 나타날지 몰라요. 그냥 관리 지역에 설치해둔 기계들 돌리다가 응집되는 마력량이 높아지면 대처를 시작하는 거라…… 그래서 아마 감지 그 자체보다는 감지된 곳으로 미리 가서 게이트 생성 때까지의 준비과정에 대한 평가를 보게 될 겁니다."

"그렇군요. 그 준비과정이란 것도 지침서에 나와 있는 대로 하면 되죠?"

"이론 그대로 하면 당연히 만점이죠. 이번에도 자신 있어요?"

왜 없겠는가.

여태 모든 평가를 그리 쳐왔는데.

"그럼요. 여태 모든 평가를 그렇게 봤는데요."

"그럴 것 같았어요. 그래서 감지과 평가 자체는 별로 걱정을 안 합니다. 제가 걱정하는 건 골짜기 안에서 수호 씨가 나한테 했던 말이죠."

"제가 했던 말이라면…… 언론 플레이로 협회장님 압박하는 거요?"

"네, 그거요."

"그거야말로 걱정 안 하셔도 됩니다. 안 그래도 슬슬 작업 개시하려고 했거든요. 그래서 말인데, 오늘 제가 해결한 봉인 게이트 건도 조금 이용하겠습니다."

"그래요, 손바닥으로 하늘을 가린다고 그게 가려지나. 봉인 게이트를 해결했으면 오히려 칭찬받아 마땅하죠."

정철민의 말에 수호가 미소를 지었고 동시에 누군가에

게 전화를 걸었다.

- 예, 안 프로님.

전화를 받은 사람.

다름 아닌 조진휘였다.

수호가 웃으며 물었다.

“잘 지내시죠?”

- 하하, 저야 안 프로님 덕분에 늘 잘 지내죠. 그보다 지금 시보 기간으로 연수 돌고 있다고 들었는데, 어떻게 좀 할 만하세요?

“네, 이제 연수 과정도 얼마 안 남아서 금방 끝날 것 같습니다.”

- 엥? 벌써요? 들어가신지 얼마나 됐다고 금방 끝나요?

조진휘가 공직 생활을 해본 건 아니었지만 그도 웬만큼은 다 안다.

그가 유능한 기자라는 점이랑은 별개로 그는 애초에 플레이어 전문 기자로서 대헌협에 대한 지식이 굉장히 빠삭한 편이었으니까.

그러니 의아한 것이다.

보통 연수 과정이라 하면 정말정말 짧게 잡아도 최소 한 달 이상은 걸리는 게 보통이었으니.

수호가 웃으며 말했다.

“안 그래도 제 연수 과정에 대한 건 때문에 연락드렸습니다. 제 연수 과정이 지금 어떻게 되고 있냐면…….”

수호는 연수 과정에서 발생했던 일들 중 디테일한 건들은 모두 생략하고 이론시험과 현장평가를 만점 받은 것들에 대해서만 이야기했다.

“……그래서 철의 골짜기 봉인 게이트까지 공략하게 되었습니다.”

좀 전에 공략한 철의 골짜기 공략 건까지 포함해서 말이다.

그리고 수호의 설명이 끝난 직후.

- …….

조진휘가 말이 없다.

통신불량이 아니었다.

너무 놀라서 입을 벌리고 있느라 아무런 말도 못 한 것이다.

회신이 없자 수호가 재차 물었다.

“기자님?”

- 아, 아, 네! 와…… 이거 너무 놀래서 순간 제가 듣고 있는 게 맞나 싶어서 아무런 말을 못 했습니다.

“아, 그러셨군요.”

- 그나저나 역시 안 프로님입니다. 비범한 분인 건 알고 있었지만 어떻게 협회에 들어가자마자 전설을 써내려 가고 계십니까? 그 정도면 협회 역사상 최고의 성적 아닙니

까? 아니, 만약 남은 평가까지 전부 만점을 받으면 최초이자 유일한 만점자로 남을 것 같은데요?

"아마 그럴 겁니다. 저도 그렇게 들었습니다."

- 역시 검신은 뭐가 달라도 다르네요. 근데, 갑자기 전화해서 평소에 하지도 않으시던 무용담들을 직접 말씀하시는 걸 보니 뭔가 계획하고 계시는 게 있군요?

조진휘의 말에 수호가 픽 웃었다.

선수는 선수네.

냄새 한번 기가 막히게 맡는 걸 보니.

수호가 웃으며 말했다.

"예, 그림 하나 그리고 있는데 그림 사이즈가 좀 커서 밑작업이 좀 필요합니다."

- 후후, 그런 거라면 진작에 말씀하셨어야죠. 어떤 그림을 그리고 계신 건진 모르겠지만 말씀하시는 걸 들어 보니 최대한 언론에 뻠핑해서 수호 씨 명성을 또 한 번 드높여 보겠습니다.

"감사합니다, 역시 기자님이시네요."

- 아참, 근데 지금 연수 중이신데 이런 식으로 결과 유출돼도 괜찮습니까? 저야 기사 내면 좋은데 괜히 수호 씨가 걱정되네요.

그 말에 잠자코 듣고 있던 정철민이 대신 대답했다.

"괜찮습니다."

- ……누구세요?

"전 현재 수호 씨 연수를 담당하고 있는 전체 담당자입니다. 점수도 제가 종합하고 있고 좀 전에 봉인 게이트도 함께 다녀왔습니다."

- 아? 그럼 설마 아까부터…….

"예, 같이 듣고 있었습니다."

- ……하하?

이럴 줄은 몰랐던지 조진휘가 황당함에 웃었다.

그러더니 황당함에 올린 입꼬리 그대로 수호에게 물었다.

- 거기서도 벌써 아군을 만드신 거예요?

"저의 아군이 되어 주신 거죠. 제가 제일 처음 알게 된 협회 관계자분이시거든요."

- 아?

"그냥 제 행적만 기사로 내면 사람들이 단순 찌라시라고 여길 수도 있으니 '내부 관계자에 따르면'이라는 문장을 삽입하시는 게 좋을 것 같습니다. 정확한 출처까진 아니어도 이 정도면 신빙성이 생기지 않겠어요?"

- 그럼요. 그 정도면 충분하죠. 그럼 더 필요하신 건 없으신가요?

"네, 일단은요. 아참, 혹시 기사 내주시는 김에 봉인 게이트 관련된 건으로는 이번 봉인 게이트를 해결함으로써 세금이 얼마나 절약되고 결과적으로 참 잘된 일이라고 좀 보도해 주세요. 안 그럼 봉인 게이트를 허락해 주신 분들께 피해가 갈 수도 있을 것 같아서요."

- 알겠습니다. 그 부분은 걱정하지 않으셔도 되게 잘 보도하겠습니다. 그럼 기사는 언제쯤 터뜨리면 될까요?

"곧 군부에 보고가 올라갈 테니 내일 제가 출근하기 전까지 세상 사람들이 다 알았으면 좋겠습니다."

- 오케이, 그것도 접수. 그럼 바로 와꾸 짜서 시작하겠습니다. 덧붙여 열심히 그리고 계신 큰 그림도 기대하고 있겠습니다.

"하하, 그럼요. 기대하셔도 좋습니다. 그럼 수고하세요."

- 옛썰!

신나서 전화를 끊는 조진휘.

이윽고 수호도 휴대폰을 집어넣은 뒤 정철민에게 미소를 지어보였다.

그러자 정철민도 똑같이 웃음으로 화답해 주었다.

두 사람 사이에 전에 없던 끈끈한 것이 탄생하는 순간이었다.

*

"그럼 내일 봐요."

"옙, 들어가십쇼. 태워주셔서 감사합니다."

서울로 복귀할 때쯤 되니 시간이 벌써 퇴근 시간 때가 됐다.

정철민은 수호를 집에 데려다준 후 홀로 협회로 복귀했다.

수호는 이대로 퇴근해도 됐지만 자신은 수호의 담당자로서 여러 가지 뒷일을 처리해야 했으므로.

수호도 그 사실을 알기에 더 묻지 않고 멀어지는 정철민의 차를 보았다.

'그럼 나도 슬 움직여 볼까.'

조진휘에게 오더를 내렸지만 이외에도 연락해야 할 곳이 많다.

대표적으로 박규민과 피성열.

아무리 정철민과 끈끈함이 생겼다 해도 아직은 정철민 앞에서 대놓고 전화하기엔 좀 그랬으니까.

수호는 우선 피성열에게 전화했다

- 어, 후배님. 무슨 일이야?

"선배님, 보고드릴 게 있어서 연락드렸습니다."

- 뭔데?

"오늘 게이트 관리과 현장 평가를 치르던 중……."

피성열에겐 간략하게 보고했다.

자신이 봉인 게이트를 공략했다는 것과 왜 그런 일이 발생했는지에 대해.

이윽고 설명을 들은 피성열이 피식 웃음을 터뜨렸다.

- 대단한데? 벌써 세 번째 봉인 게이트이지 않나?

"예, 그렇습니다."

- 물건은 물건이네. 고생했어, 그런 상황이면 어쩔 수 없지. 다친데는 없고?

"예, 괜찮습니다. 있는 상처는 제가 전부 치료했습니다."

- 허허, 검사가 힐까지 쓰니 이럴 땐 참 좋네. 그래, 알겠어.

"예, 들어가십쇼."

수호가 봉인 게이트를 공략했다는 사실에 딱히 별말은 하지 않았다.

그저 수고했다는 말뿐.

그럴 만했다.

봉인 게이트 공략 건은 그에게 있어 별로 커다란 이슈가 아니었으므로.

수호도 그 사실을 잘 알고 있지만 이젠 아무리 작은 것이라도 보고하라고 했기에 보고한 것이다.

혹여 나중에 이런 걸로 꼬투리 잡고 꼬장부릴 수도 있으니까.

'남들 다 아는 사실을 자기만 늦게 알았다고 뒤끝 부릴 확률이 높지.'

피성열은 그런 놈이었으니까.

수호는 뒤이어 박규민에게 전화했다.

- 어, 안 헌터. 무슨 일인가.

"말씀드릴 게 있어서 전화했습니다."

수호는 박규민에게도 피성열에게 말해준 것처럼 똑같은 내용을 전달하였다.

- 봉인 게이트를?!

"예, 아마 지금쯤 군부에도 보고가 올라갔을 거고 며칠 내로 스퀘어 해체 작업도 시작될 것 같습니다."

- 허 참, 이게 무슨…… 그래서, 또 내가 알아야 할 다른 건 없고?

"있죠. 여태까진 단순 보고였고 용건은 지금부터입니다."

지금부터 용건이란 말에 박규민이 긴장하기 시작했다.

수호가 말했다.

"우선…… 부회장님, 현재 사내에서 제가 로열이라는 이야기가 돌고 있는 건 알고 계시죠? 그리고 제 연수 기간이 끝나면 부팀장 직급부터 시작한다는 것도 알고 계실 거고 그 시작이 특수부가 될 확률이 높다는 것도요."

- 그건 모르는 게 더 이상하지. 그게 왜?

"제가 특수부로 가는 것, 부회장님은 괜찮으십니까?"

- ……무슨 말을 하고 싶은 건가?

"슬슬 피성열 부장의 힘을 견제해야 될 것 같아서요. 그 양반이 대놓고 절 특수부로 데려간다고 하는데 다들 그 양반 눈치 보느라 아무 말도 못 하고 있지 않습니까?"

- 그건 그렇긴 한데, 그럼 정확히 어떤 식으로 피 부장을 견제하겠다는 건가?

"언론에 협회 내에 언급되는 로열의 존재와 특수부에 대한 떡밥을 풀 생각입니다. 로열이란 것 자체가 부당 인사를 뜻하는 용어인데 이게 만약 사람들 귀에 들어가면 사람들은 자연스럽게 특수부가 권력형 인사 비리를 저지른다고 생각할 겁니다."

수호의 말에 박규민은 잠시 고민하더니 대답했다.

- 그렇군. 굳이 로열이 아니라도 성적우수생이 좋은 곳으로 가는 건 아주 당연한 일인데도 로열이라는 프레임을 씌우면 무조건 부정적으로 볼 수 있겠어. 하지만 피성열이 그런 여론을 신경 쓸까? 들은 척도 안 할 것 같은데.

피성열은 충분히 그럴 만한 인물이었다.

그는 선민의식 가득한 인물로 대부분의 사람들을 개돼지로 보는 경향이 있었으니까.

수호가 고개를 끄덕이며 말했다.

"피성열은 신경 안 쓰겠죠. 하지만 협회장님은 신경 쓸 겁니다."

- 아!

박규민의 감탄.

그도 완전히 바보는 아니었다.

협회장 이야기가 나오자 어떤 식으로 피성열을 견제하

겠다는지 바로 알아차렸으니까.

- 그럼 난 자넬 특수부가 아닌 다른 곳으로 보내달라고 협회장님께 부채질만 해주면 되는 건가?

“비슷합니다. 하지만 게이트부로 보내주세요. 경영부나 각성부처럼 부회장님 라인으로 배치해 달라고 하면 피성열은 이 모든 사달에 대한 원인으로 부회장님을 의심할 테니까요. 그럼 곤란해집니다. 부회장님은 아직 신변 정리도 다 못 끝냈지 않습니까?”

- 흠흠, 그렇긴 한데 …… 근데 게이트부는 피성열 라인인데 게이트부에 배치했다가 여론이 잠잠해지면 다시 특수부로 불러들일 건데 그럼 굳이 이렇게 일을 벌이는 의미가 있나?

“있습니다. 이번에 터뜨릴 로열 논란은 피성열 견제의 초석이 될 거니까요. 그리고 게이트부 배치는 제가 원해서 요청드리는 겁니다. 제가 거기서 해야 될 게 좀 있거든요.”

- 해야 될 거?

“그런 게 있습니다. 아무튼 단순히 게이트부 배치 때문에 이런 말씀을 드린 건 아니고 앞으로 부회장님은 협회장님 옆에 잘 붙어서 천천히 힘을 쌓으세요.”

- 협회장님 옆에서 힘을 쌓으라니?

“협회 파벌은 부회장님 파벌과 피성열 부장 파벌 이렇게 나뉘어져 있지 않습니까? 협회장님은 관심 없으시고.”

- 그렇지?

“그런데 이번에 로열 논란이 터지면 협회장님이 신경을 안 쓰실 수가 없을 겁니다. 대헌협 협회장보다 더 높은 자리로 가야 하는데 쓸데없는 잡음이 생기면 거슬리지 않겠습니까?”

일리 있는 말.

그리고 여지껏 단 한 번도 협회장의 힘을 빌려온다는 걸 생각해본 적이 없었기에 박규민의 눈이 땡그랗게 커졌다.

- 그래서?

“그러니 로열 논란 때부터 부회장님은 협회장님 옆에 붙어서 이것저것 조언하는 충신인 척 행동하세요. 지금은 입속의 사탕처럼 구는데 그런 포지션은 아첨받는 입장에서도 이뻐할 순 있어도 유능하다고 생각하진 않습니다.”

- 크흠…… 그건…….

“됐고, 진짜 힘을 얻으려면 협회장님한테 도움이 되는 사람이 돼야 합니다. 그러니 실제로 협회장님께 도움이 될 만한 안건들을 자꾸 밀어주세요. 그럼 자연스럽게 협회장님이 부협회장님을 밀어주실 겁니다. 아, 물론 도움이 될 만한 안건들은 제가 준비해 드리겠습니다.”

수호는 박규민이 아무리 신변 정리를 한다고 한들 그가 피성열을 이길 수 있을 거라고는 생각하지 않았다.

‘타고난 그릇 자체가 다른데 싸워 봤자 작은 그릇만 깨

지지.'

그래서 최대한 협회장을 이용해 볼 생각이었다.

물론 단순히 박규민 하나 키우자고 협회장을 이용하려는 건 아니었다.

수호의 말이 이어졌다.

"부회장님, 세상에서 가장 쉽게 인기와 힘을 얻는 법이 뭔지 아십니까?"

- 뭔가?

"그건 바로 스타한테 빨대를 꽂는 겁니다. 인기 있는 스타 옆에 붙어 스타의 팬들이 좋아할 만한 행동을 해주세요. 그럼 팬들은 자연스럽게 그 사람에게도 호감을 가질 겁니다."

- 여기서 말하는 인기 있는 스타는 자네를 말하는 건가?

"예, 정치인들 투표전이랑 같은 맥락이라고 생각하세요. 그것도 결국은 인기 싸움이잖습니까."

임명직이든 당선직이든 결국 인기가 결과에 큰 영향을 끼친다.

협회장도 그 사실을 모르지 않을 테니 부회장이 자연스레 수호를 팔아 인기몰이 전략을 밀자고 하면 향후 거취에 신경 쓰는 장경환으로썬 당연히 박규민의 의견에 따라 수호를 밀어줄 수밖에 없다.

'그리 되면 내 힘도, 박규민의 힘도 커질 테니 그때부터

협회 내부를 조금씩 뜯어고치면 된다.'

수호의 계획에 박규민은 꼭 필요한 인물이었다.

그도 그럴 게 수호가 아무리 승진이 빨라도 아직 20대 초반인 수호가 협회 최상층 라인까지 가려면 한참이나 멀었으니까.

그리고 그건 정철민 또한 마찬가지.

그러니 지금 당장 효율적으로 결과를 내려면 현재 갖고 있는 인프라를 활용하는 것이 가장 베스트.

'처벌하고 버릴 땐 버리더라도 그전까진 알뜰하게 써먹어야지.'

수호의 말에 박규민이 격하게 고개를 끄덕였다.

- 알겠네. 근데 어떤 안건을 준비하려고 그러는 건가? 미리 알려주면 내가 조금씩 운이라도 띄워 놓겠네.

"그건 그때 가서 말씀드리겠습니다. 당장은 아까 말씀드렸던 로얄 논란부터 준비하고 계세요. 그럼 또 연락드리겠습니다."

용건을 마친 수호는 전화를 끊었다.

박규민이 안건을 미리 말해달라고 했지만 일부러 알려주지 않았다.

이유는 단순했다.

박규민의 능력을 그다지 신뢰하지 않아서.

'한 번에 하나만 시켜도 불안한데 괜히 미리미리 알려줄

필요는 없지.'

실수…… 그중에서도 특히 말실수는 언제 어디서 터질지 모르는 것이니까.

통화를 마친 수호는 그제서야 집으로 이동하기 시작했다.

- [단독] 검신 안수호 세 번째 봉인 게이트 공략!

그날 저녁.

예정대로 조진휘가 수호의 봉인 게이트 공략 건에 대한 신호탄을 쏘아올렸다.

- 와 ㅁㅊ 또 봉인게이트 공략함?

- 미친 거 아님?

- 개쩐다 지금 시보기간일텐데 그와중에 또 공략함?

- 이게 말이 되냐?

- 안수호! 안수호! 안수호! 안수호! 안수호! 안수호! 안수호! 안수호! 안수호! 안수호! 안수호! 안수호! 안수호! 안수호! 안수호! 안수호! 안수호!

- 엄마 나는 커서 검신님이 될래요! 엄마 나는 커서 검신님이 될래요! 엄마 나는 커서 검신님이 될래요! 엄마 나는 커서 검신님이 될래요! 엄마 나는 커서 검신님이 될래요!

- 와 이러기도 쉽지 않은데 진짜 대박이긴 하다.

- 철의 골짜기면 괴물 사자일 텐데 그 새끼 어떻게 잡은 거지?

ㄴ 칼로 잡지 않았을까? 검신이잖아.

ㄴ ㄴㄴ 괴물 사자 특성 모름? 그 새끼 금강불괴 ㅈ됨;

ㄴ 진짜 ㅈ됨. 아는 사람 거기 공략 갔다가 무기만 부서 먹고 겨우 튐 ㄷㄷ

ㄴ 근데 해냈죠?

ㄴ 검신 혼자 무슨 티타늄 검 씀?

ㄴ 근데 검신이 쓰는 검 뭐냐?

ㄴ 정기점검?

ㄴ 긴급점검?

ㄴ 연장점검?

ㄴ 개에바, 뇌절 ㄴ

당연히 반응은 뜨거웠다.

그렇잖아도 팬덤이 쌓이기 시작한 수호였으나 팬덤과는 별개로 세 번째 봉인 게이트 공략은 보통 사람들에게도 확실히 화제가 될 만한 것이었으니까.

그렇기에 다른 신문사들도 열심히 조진휘의 기사를 퍼다 나르기 시작했고 전국은 순식간에 수호의 이야기로 넘실거렸다.

뉴스 기사를 살피던 서기원이 수호에게 말했다.

"와, 형님. 이번 기사도 화력이 장난이 아니네요."

"그러게. 참 다행이라고 생각해."

"근데 괴물 사자는 진짜 어떻게 잡으셨어요? 그놈 그거 정예 공략대 전체가 덤벼도 기스 하나 안 났다던데?"

"어떻게 잡았을 것 같냐?"

"뭐, 형님이시니까 당연히 칼질로 잡으신 거 아니겠습니까? 슉슉!"

"아니, 나 이번에 칼 안 썼어."

"네? 그럼요?"

"백초크로 잡았어."

"……네?"

"백초크로 잡았다고."

"백초크면…… 설마 뒤에서 목 조르는 그거요?"

"응, 타격이 안 통해서 그라운드로 승부 봤다."

"……?"

"정말이야."

"……미친?"

농담인 줄 알았으나 진담이라는 말에 서기원이 더더욱 황당한 표정을 짓는다.

그도 그럴 게 봉인 게이트 보스 몬스터를 그 누가 백초크로 잡을 생각이나 하겠는가?

그때였다.

"팀장님!!"

쿵쿵쿵쿵!

소란스런 발소리.

2층에서 급히 내려오던 남해원의 것이었다.

남해원은 눈 밑에 다크서클이 퀭한 모습으로 수호에게 달려왔다.

그러더니 세상에서 가장 뿌듯한 표정으로 무엇인가를 내밀었다.

"완성했어요!"

"어, 설마?"

"예, 설마가 설맙니다! 슬라임 스톤, 완성했습니다!"

남해원이 들고 온 것.

그것은 지난 며칠 밤낮을 새워가며 건강과 함께 맞바꾼 최종 형태의 슬라임 스톤이었다.

슬라임 스톤.

슬라임의 육편이 굳어 돌처럼 된 것으로 그것의 가치는 재료 아이템으로써든 보통 아이템으로써든 최하위 중의 최하위.

그러나 남해원이 가져온 슬라임 스톤은 그런 평범한 슬라임 스톤과는 생긴 것부터가 달랐다.

남해원이 말했다.

"더 이상 합성도 안 되는 걸 보면 이게 최상위 버전이 맞는 것 같아요. 아이템 정보에도 그렇게 적혀 있었어요."

수호는 그것을 받아 정보를 확인했다.

[메타 슬라임 스톤]

- 등급 : S

궁극의 슬라임이라 일컬어지는 메타 슬라임의 신체 조각.

메타 슬라임은 재생, 구성, 확장의 집합체라 알려져 있다.

메타 슬라임 스톤.

이것이 슬라임 스톤의 최종 정착지였다.

그리고 메타 슬라임 스톤의 정체에 대해 알고 있는 수호는 만족스러움에 입꼬리를 올렸다.

'이게 정말 될 줄이야.'

확신은 있었다.

다른 것도 아니고 지구에서 거의 유일무이하다시피 한 합성 능력이었으니까.

그렇기에 그런 합성을 바탕으로 메타 슬라임 스톤 제작을 시도하면 시간과 재료가 좀 많이 필요할 뿐 언젠가 반드시 제작에 성공할 줄 알았다.

수호가 뿌듯함에 웃으며 말했다.

"고생했다, 해원아."

"흑흑, 저 진짜 열심히 했어요. 먹고 자고 싸고 하는 시간들 빼면…… 아니, 솔직히 말해서 똥 싸면서도 합성했다구요.”

“알지 알지. 내가 우리 해원이 고생한 거 모를까 봐. 그래서 레벨은 좀 올렸고?”

“예, 레벨은 꽤 올랐습니다. 중간중간에 슬라임 스톤 등급 오를 땐 보너스 스탯도 꽤 받았어요.”

“잘했네. 합성술사는 그렇게 성장해야 제맛이지. 아무튼 고생했고 이제 곧 있으면 나머지 재료템도 다 모이니까 그때 또 부탁할게.”

“예, 알겠습다.”

메타 슬라임 스톤을 확보했다.

이제 남은 재료 아이템은 하나뿐.

그때였다.

위이잉!

울리는 휴대폰 진동.

수호의 것이었다.

발신자를 확인한 수호는 자기도 모르게 헛웃음을 터뜨렸다.

‘이 사람도 양반은 못 되네.’

발신자는 다름 아닌 강슬기였다.

수호가 전화를 받았다.

“예, 부팀장님.”

- 수호 씨, 지금 통화 괜찮으세요?

“예, 괜찮습니다. 무슨 일이세요?”

- 말씀하신 아이템 구해놨습니다. 혹시 지금 뵐 수 있을까요?

강슬기의 목소리가 격하다.

아무래도 마음이 많이 급한 모양.

이해는 됐다. 저주와도 같은 메가 크러셔를 한 시라도 빨리 떼어내고 싶을 테니까.

수호가 웃으며 말했다.

“그럼요. 가능하죠. 어디서 뵐까요? 혹시 지금 협회세요?”

- 예, 지금 협회긴 합니다만 제가 움직이겠습니다. 위치만 말씀해 주세요.

“그러실래요? 그럼 여기가 어디냐면…….”

수호는 집주소를 알려준 뒤 강슬기를 기다리기 시작했다.

*

날아오기라도 한 건지 강슬기는 생각했던 것보다 훨씬 빨리 왔다.

땀까지 흘려 가며 도착한 강슬기는 수호의 차고지에 차를 넣는 동안 당황스러움을 금치 못 했다.

‘처, 청담동 세이프존에 사는 것도 모자라 이런 대저택

에 산다고……?'

수호가 전국적으로 유명인사인 건 안다.

당장 지금만 해도 세 번째 봉인 게이트를 공략해 전국이 떠들썩한 상태였으니까.

하지만 아무리 라이징 스타여도 그 기간이 얼마 안 된 걸로 아는데 벌써 이런 집에 살 줄이야……

그러나 쓸데없는 말들은 속에 꾹 집어넣고 일 이야기만 하기로 했다.

지금 중요한 건 그게 아니었으니까.

수호가 강슬기를 반갑게 맞으며 말했다.

"오셨어요? 제가 갔어도 됐는데 먼길 오시느라 고생하셨습니다."

"아, 아닙니다. 퇴근 때가 아니라 길은 안 막혔습니다. 일단 이것부터……."

품에서 삼종기부터 꺼내 내미는 강슬기.

그의 마음이 얼마나 급한지 알기에 수호는 자리 안내 전에 일단 물건부터 확인키로 했다.

[3인칭 조종사 시점기]

훌륭한 파일럿은 만들기도 어렵지만 전력을 보존하기도 힘들다. 대부분은 전장에서 기체와 함께 죽어버리니까.

아이템 설명을 확인한 수호는 웃었다.

그래.

이 불친절하기 그지없는 설명.

이건 수호가 찾던 그 삼종기가 맞았다.

삼종기의 진짜 옵션에 대한 설명은 다른 방법으로 밝혀내야 했는데 수호는 별로 신경 쓰지 않았다.

수호는 진짜 옵션이 무엇인지 알고 있기에 굳이 숨겨진 설명을 밝혀낼 필요가 없었으니까.

아이템 설명을 확인한 수호가 그것을 인벤토리에 챙겨 넣으며 말했다.

"잘 찾아서 가져오셨네요. 고생하셨습니다."

"아뇨, 아닙니다. 윗선에서 오더 내려온 것도 있고 거의 차려놓은 밥상에 숟가락만 얹은 건데 제가 한 게 뭐가 있겠습니까."

"그래도 현재의 저는 가져오지 못 하는 것이니까요. 그런 의미에서 삼종기 처리는……."

"예, 22번째 정화 방법을 사용하던 중 갑자기 저주 옵션이 활성화되어 부득이 하게 파괴 처리할 수밖에 없었던 걸로 보고서를 작성해 뒀습니다."

"깔끔하네요."

말 그대로였다.

잡템창고에 있는 걸 알면서도 굳이 강슬기의 손을 빌린

이유는 메가 크러셔 때문도 있었지만 그가 특수2팀의 부팀장이라는 무적의 알리바이를 가지고 있었기 때문.

'이제 삼종기는 합법적인 절차에 의해 대헌협에 없는 아이템이 된다.'

아니.

합성 작업까지 마치고 수호가 만들고자 하는 최종 아이템이 되면 세상에 없는 아이템이 되겠지.

수호가 그를 지하실로 안내하며 말했다.

"삼종기도 가져 오셨으니 바로 메가 크러셔 분리하러 가시죠."

"정말요? 감사합니다! 정말 감사합니다!"

메가 크러셔를 분리하자는 말에 강슬기의 표정이 본 것 중에 가장 밝아졌다.

그래서일까?

저 밝은 표정을 보고 있자니 한편으로는 조금 짠한 마음이 들기도 했다.

'그동안 혼자서 얼마나 마음고생을 했을까.'

강슬기에게 미분자라는 별명이 붙은 건 강슬기가 단순히 아이템을 많이 분쇄해서 그런 것만은 아니었다.

'미치광이 분쇄학자' 중 '미치광이'라는 수식어가 붙은 건, 시간이 지나면 지날수록 메가 크러셔에 의해 정신을 좀 먹혀 광인이 되어 갔기 때문이다.

'그래서 메가 크러셔가 저주템이라는 거지.'

물론 메가 크러셔가 사람을 아주 미친놈처럼 만드는 건 아니지만 특정 욕망을 지속적으로 주입시켜 반쯤은 미친 사람으로 만들었다.

굳이 표현하자면 은은한 광인이랄까?

그렇기에 메가 크러셔는 보통 사람에게 있어선 굉장히 위험한 물건이었다.

'이계문명 시리즈가 다 그렇지.'

일명 테크놀로지 시리즈.

하나같이 사용자를 좀 먹어 힘을 끌어내는 끔찍한 놈들.

수호가 고개를 저으며 강슬기를 지하실로 데리고 갔고 미리 준비해둔 의자에 그를 앉히며 말했다.

"바로 시작하면 될까요?"

"아, 네. 바로 시작해도 될 것 같습니다."

"알겠습니다."

강슬기의 허락이 떨어진 그 순간.

철컥!

수호는 자리에 앉은 강슬기의 손목과 발목에 전용 수갑을 채우기 시작했다.

"……?"

강슬기가 당황스런 표정으로 자신의 손목과 발목을 바라본다.

그러더니 조금은 겁에 질린 표정으로 다시 수호를 올려다보았다.

“조금 아플 겁니다. 몸에 생긴 종양도 제거 과정이 아픈데 무려 하복부를 통째로 점거하고 있는 놈을 분리하는 작업이잖아요?”

“아…… 네…… 그, 그럼 혹시 마취 같은 건……?”

“안 그래도 이제 마취시켜 드릴려고 했습니다.”

“마취약이 있으세요? 근데 그거 함부로 소지하거나 사용하기엔 불법…….”

“당연히 불법이죠. 그래서 제 손으로 직접 마취시켜 드릴 겁니다.”

“네?”

그 순간.

퍽!

수호는 손날치기로 강슬기의 뒷목을 강타해 순식간에 기절시켰다.

그의 고개가 아래로 떨어지자 수호가 흡족스러움에 입꼬리를 올렸다.

‘한두 번 해봤어야지.’

손날치기로 기절시키는 건 만화에서나 볼 법한, 현실에선 불가능한 일이라고 생각하겠지만 적어도 수호에겐 굉장히 익숙하고 쉬운 일이었다.

특수부에서 오래 일하다 보면 사람을 기절시키는 방법쯤은 굉장히 많이 알게 되니까.

아니, 알고 싶지 않아도 알아야만 했다.

그래야 여러모로 일처리가 편했으니.

강슬기의 몸이 축 늘어지자 수호는 그의 셔츠를 완력으로 뜯어내 상의를 탈의시켰다.

그러자 메가 크러셔를 숨기기 위한 내갑이 보였고 수호는 그것마저 벗겨내 그제서야 메가 크러셔를 완전히 세상 밖으로 끄집어낼 수 있었다.

- 드르륵…… 드르륵……

느릿하게 돌아가는 메가 크러셔.

숙주가 기절하니 녀석도 행동이 느려졌다.

'꼭 웜 같네.'

그것도 강철로 된 이빨을 가진 웜.

사실 이 녀석을 제거하는 방법은 여러 가지가 있다.

그중 가장 대표적이면서도 제일 간단한 방법은 바로 숙주의 몸에서 아이템 자체를 도려내는 것.

하지만 이건 높은 확률로 숙주가 죽는다.

'고작 템 하나 얻자고 그런 짓을 벌일 순 없지.'

그리고 다른 방법으로는 수호만이 할 수 있는 건데 강철을 먹는 환수인 불가살이에게 메가 크러셔를 던져주는 것.

허나 이것도 사용할 수 없다.

불가살이가 메가 크러셔를 뜯어먹는 과정에서 메가 크러셔가 얼마나 난리를 칠지 모르니까.

'이것도 죽거나 후유증이 남거나 둘 중에 하나겠지.'

그렇기에 수호는 가장 정석적이고 안전한 방법을 사용할 예정이었다.

수호는 강슬기가 기절한 걸 확인한 후 스킬 하나를 발동시켰다.

[리커버리가 발동됩니다.]

화악!

상태이상을 치료하는 스킬인 리커버리.

독을 치료하는 큐어의 상위호환격 스킬로 이젠 중독 상태뿐만이 아니라 각종 상태이상을 치료할 수 있게 되었다.

'그리고 그 상태이상 중에 하나가 바로 '기생'.'

'기생'은 플레이어에게 있어 엄연히 해로운 효과가 맞다.

기생충 같은 것이 플레이어의 몸에 심겨져 있는 것만으로도 도트 데미지는 물론 온갖 질병을 야기시키니까.

그렇기에 큐어의 상위호환격인 리커버리로 치유가 가능하다는 말.

'막말로 리커버리에는 구충제랑 비슷한 효과도 있으니까.'

물론 리커버리라고 해서 만능은 아니다.

현재 강슬기의 몸에 심겨진 메가 크러셔는 아직 능력이 개화되기 전인 초반부 상태라 수호의 리커버리가 통하는 것일 뿐.

'나중에 진화가 더 진행되기라도 하면 보통의 리커버리로는 씨알도 안 먹힌다.'

이렇게 생각하면 전생의 강슬기는 참 안타까운 사람이었다.

만약 겁먹지 않고 사람들에게 처음부터 자신의 상태를 알렸더라면 '미분자 사태'까지 가지 않고 진작에 자유를 얻었을 텐데.

'그래도 덕분에 많은 아이템들의 조합법을 알게 됐으니까…….'

동정하면서도 고마워해야 하는 참 아이러니한 상황.

이윽고 수호의 리커버리가 메가 크러셔에게 스며든 순간이었다.

- 드륵? 드륵?

리커버리가 메가 크러셔에게 스며든 순간, 조용히 회전하던 녀석이 조금씩 동요하기 시작했다.

기생충이 본능적으로 느껴버린 것이다.

자신에게 스며든 이 빛이 나에게 몹시 해로운 것이란 걸.

그래서일까?

- 위이이잉!!

위험을 감지한 녀석이 별안간 미친 듯이 폭주하기 시작했다.

'내 그럴 줄 알았다.'

이래서 강슬기를 기절시킨 것이다.

맨정신이었다면 아랫배에서 작렬하는 끔찍한 고통에 졸도해 버릴 테니.

녀석이 발악하기 시작하자 수호 또한 마력을 아끼지 않고 쏟아붓기 시작했다.

녀석은 살살 어루만져서 꺼내야 되는 게 아닌 빠르게 제거해야 하는 암덩이 같은 것이었으니까.

덜덜덜덜-

강슬기의 몸이 떨리기 시작한다.

아무리 정신을 잃었어도 배에서 울리는 고통에 온몸이 치를 떠는 것이다.

그래서일까?

강슬기의 몸은 금세 식은땀으로 범벅이 되었고 그의 입에서 옅게나마 신음까지 흘러나오기 시작했다.

그러다 저릿한 고통에 그의 정신이 되돌아오려던 순간.

- 콰과과과과!!

리커버리를 견디지 못한 메가 크러셔가 미믹의 그것처럼, 뿜어지듯 앞으로 쏟아져 나왔다.

*

\- 크르릉!

오래된 외국 코미디 영화의 한 장면처럼 그것은 마치 늙은 코미디언의 틀니처럼 뽑어졌다.

"어이고."

궤적은 수호를 향해서.

우연이 아니었다.

기생 중인 숙주가 위험해지자 가장 가까운 숙주 후보로 옮겨가려는 건 기생체의 본능과도 같은 것.

그렇기에 수호는 자연스럽게 녀석의 돌진을 회피했다.

\- 드르륵! 드르륵! 드르륵!

바닥에 떨어진 그것은 어떻게든 깨어난 의식을 이어가기 위해 힘차게 이빨을 가동시켰다.

그러나 아무리 가동시켜도 자신의 아가리로 들어오는 건 없었고, 숙주를 잃은 녀석은 얼마 지나지 않아 동력을 완전히 상실하여 이빨의 회전을 멈추었다.

'멈췄군.'

녀석의 움직임이 완전히 멈췄다.

멈춘 척 기습을 노리는 게 아니다.

메가 크리셔가 아무리 저주템에 속하지만 어쨌든 몬스터는 아니었으니까.

그러나 수호는 메가 크러셔를 회수하기보단 얼른 강슬기에게 붙었다.

그리고 힐을 퍼부었다.

[힐이 발동됩니다.]

다행히 아직 의식은 없었다.

꽤나 고통스러웠을 텐데 다행스럽게도(?) 잘 기절된 모양.

수호는 그의 컨디션을 조절하기 위해 힐을 아끼지 않았고 동시에 그의 몸을 체크하기 시작했다.

'배도 멀쩡하군.'

사실 제일 주의 깊게 봐야 하는 건 그의 아랫배였다.

그의 아랫배에는 꽤 오랫동안 메가 크러셔가 심겨져 있었으니 어떤 형태 변화가 일어나 있을지 몰랐으니까.

다행히 메가 크러셔의 공백이 크게 느껴지진 않았다. 살이 비어 있지도 않았고.

그래서 집중적으로 힐을 사용해 처음부터 멀쩡했던 것처럼 완벽하게 회복시켜 주었다.

그러자 강슬기도 편안함을 느낀 건지 힐을 사용하면 사용할수록 표정 자체가 차분해졌다.

'됐다.'

더 이상 힐을 사용하지 않아도 될 만큼 회복시켰을 때 수호는 수갑을 풀어 근처의 침대 위로 강슬기를 옮겼다.

그리고 그제서야 혼자 떨어져 있는 메가 크러셔를 들어

정보를 확인했다.

[메가 크러셔]
- 등급 : B
이세계의 뛰어난 기술력.
어떤 아이템이든 갈아버릴 수 있다.

정보를 본 수호는 황당함에 웃음을 터뜨렸다.

간단한 설명.

참 어이가 없다.

누가 봐도 저주 옵션을 줄줄이 달고 있던 주제에 숙주에게서 떨어졌다고 바로 아닌 척 평범한 아이템으로 위장하고 있는 꼴이라니.

게다가 녀석의 등급은 B.

분명 성장이 가능한 녀석임에도 불구하고 B등급인 척하고 있는 건 전형적인 테크놀로지 시리즈의 특징이었다.

'넌 내가 요긴하게 사용해주마.'

암기로 쓰려면 독이 되고 약에 쓰려면 약이 되는 게 독인 것처럼 메가 크러셔 또한 어떻게 쓰냐에 따라 쓰임새가 달랐다.

녀석이 비록 저주템이긴 하나 녀석에겐 꽤 괜찮은 옵션

들이 많이 숨겨져 있었으니까.

그렇기에 메가 크러셔는 녀석을 통제할 수 있는 힘 있는 사람이 소유해야만 했다.

수호는 메가 크러셔를 챙긴 후 외부 직원에게 강슬기를 부탁한 뒤 집으로 돌아왔다.

"해원아."

"예, 팀장님."

"재료 다 모였다."

"엇, 정말요? 아니, 근데 왜 하필이면 지금……."

이제서야 합성 지옥에서 벗어났거늘.

그래서 오늘 만큼은 정말 푹 쉬리라 다짐하고 우당탕탕 내려왔는데.

하지만 수호는 지그시 웃어보였고 남해원은 결국 마지막 작업을 준비할 수밖에 없었다.

"이것까지만 끝내고 쉬자. 내가 먹고 싶은 거 다 사줄게."

"넹……."

힘없이 대답하는 남해원.

그래도 준비 자체는 금방 끝났다.

아니, 사실 준비랄 게 없었다.

시간과 품을 들여야 하는 슬라임 스톤 작업과는 달리 파트너 아이템 제작은 준비한 재료들을 합성하기만 하면 끝이니까.

두 사람은 2층으로 올라가 테이블 위에 여태 모은 재료 아이템들을 올려놓았다.

- 메타 슬라임 스톤.

- 해방된 혼옥.

- 3인칭 조종사 시점기.

아이템들을 한 번 더 확인한 수호가 고개를 끄덕이자 남해원이 전용 고글을 들어올리며 물었다.

"합니다?"

"어, 시작해."

고글을 착용한 남해원이 합성을 시작했다.

고글을 착용하는 건 합성 특성이 발동될 때마다 생기는 특유의 발광 현상 때문이었다.

한두 번이면 고글 따윈 필요없겠지만 요 며칠간 슬라임 스톤 작업이 한창이었기에 고글은 자연스럽게 필수가 됐다.

그리고 이내 합성이 시작된 순간이었다.

[합성을 시작합니다.]

[합성에 사용할 아이템은 메타 슬라임 스톤입니다.]

[합성에 사용할 아이템은 해방된 혼옥입니다.]

[합성에 사용할 아이템은 3인칭 조종사 시점기입니다.]

아이템들이 선택되자 그의 눈앞에 알림들이 떠올랐고 시스템은 이것들이 맞는지 한 번 더 되물었다.

남해원은 그렇다고 하였고 이내 합성이 시작되었다.

[합성을 시작합니다.]

합성이 시작됐다.

빛이 나기 시작했고 선택된 아이템들 또한 함께 발광하기 시작했다.

'이건 언제 봐도 신비롭네.'

남해원과는 전생에서도 연이 있어 몇 번 정도 합성 부탁을 한 적이 있다.

어쨌든 수호는 인류 최강의 딜러였고 그는 인류 최고의 블랙스미스 중에 한 명이었으니까.

그렇기에 남해원에 대한 믿음은 굳건했다.

그래서 슬라임 스톤 작업 건도 맡겼던 거고.

이윽고 특성이 발동되고 뿌려진 빛이 절정에 달한 순간이었다.

번쩍!

카메라 플래시 터지듯 빛이 번쩍였다.

그리고 테이블 위에 올려두었던 아이템들이 모두 사라졌다.

대신 남해원의 손아귀에 못 보던 물품이 하나 들려 있었다.

그것은 호두 정도 크기의 자그마한 구슬이었는데 겉모습이 마치 보석의 그것처럼 몹시 맑고 영롱했다.

이윽고 남해원이 고글을 벗으며 웃었다.

"성공한 것 같아요."

"정말?"

"예, 한번 보실래요?"

남해원이 구슬을 건네자 수호가 그것을 받아 정보를 확인했다.

[영혼기병을 위한 신비로운 메타 슈트]

- 등급 : S

고대의 신비로운 기술력.

이세계의 뛰어난 기술력.

퓨전 테크놀로지.

오직 빙의 능력자만이 사용 가능한 파일럿 슈트.

영혼기병을 위한 신비로운 메타 슈트는 파일럿의 상태창에 150% 영향을 받는다.

영혼기병을 위한 신비로운 메타 슈트는 '빙의'가 가능하다.

영혼기병을 위한 신비로운 메타 슈트는 '파일럿 조종'이 가능하다.

영혼기병을 위한 신비로운 메타 슈트는 파일럿의 의지에 따라 '외형 변환'이 가능하다.

영혼기병을 위한 신비로운 메타 슈트는 마력만 충분하다면 얼마든지 슈트의 '재생'이 가능하다.

눈앞에 주르륵 쏟아지는 아이템 정보들.

그것을 본 수호가 웃었다.

남해원이 제대로 만들었기 때문이다.

'재료가 좋아서 그런지 이름도 조금…… 아니, 많이 바뀌었네.'

영혼기병을 위한 신비로운 메타 슈트는 원래 이런 이름이 아니었다.

한때 빙의 플레이어들에게 각광받았던 최초의 파트너 아이템은 '소울 슈트'로 말 그대로 기존의 육체를 대신할 수 있는 대리 아바타 정도에 불과했다.

하지만 대격변 후반부로 갈수록 빙의 능력자들을 위한 소울 슈트들이 대거 등장했고 그 과정에서 3인칭 조종사 시점기를 활용한 슈트가 등장.

그것이 전생의 김건을 있게 해준 코어 아이템이었다.

'메타 슬라임 스톤을 추가한 건 전생의 김건이 말해준 조언 덕분이었고.'

어느 분야든지 소위 말해 '종결템'이란 게 존재한다.

그것은 끝판왕, 졸업템 등등이라고도 불리우며 장비의 영향을 많이 받는 분야일수록 흔히들 거론되는 주제인데, 소울 슈트의 영향을 많이 받는 빙의 능력자들에겐 늘 화두가 되는 이야기였다.

메타 슬라임 스톤은 그런 이야기에서 기반되어 추천받

은 재료 아이템.

그렇기에 이번에 제작된 '영혼기병을 위한 신비로운 메타 슈트'는 현존하는 소울 슈트들 중 최강이라 불리우는 종결템이 맞았다.

'대격변 후반부가 되서도 말이지.'

이건 대격변 후반부 기준의 종결템이었으니까.

아이템 정보를 확인한 수호가 흡족한 표정을 짓자 남해원도 참았던 미소를 지으며 짜릿함을 표출했다.

"그거 엄청 좋은 거죠?"

"엄청 좋은 거지."

"그럴 것 같았어요. 이번에도 보너스 스탯이 10개나 들어 왔거든요."

"그래?"

"예, 메타 슬라임 스톤 이후로 이번이 두 번째예요."

단순히 S급 아이템을 제작했다고 받은 건 아닐 것이다.

이번에 만든 아이템은 가히 종결급 스펙인데다, 그와 더불어 '고대의 신비로운 기술력'과 '이세계의 뛰어난 기술력', 그리고 '퓨전 테크놀로지'라는 말도 안 되는 수식어들이 붙었으니 말이다.

'이런 아이템은 해원이밖에 못 만들지.'

테크놀로지 시리즈는 공식적으로 총 세 가지가 있다.

- 고대문명의 로스트 테크놀로지.

- 이계문명의 하이 테크놀로지.

- 신화문명의 오버 테크놀로지.

그리고 비공식적으로 두 개 이상의 기술력이 섞인 '퓨전 테크놀로지'까지.

앞에 언급한 세 가지는 각각 독립적으로 분류되어 존재하지만 뒤에 언급한 건 오직 남해원 같은, 특이점이 온 부류만이 만들어낼 수 있는 것이었다.

'그래서 이번에도 보너스 스탯을 10개나 받은 걸 테고.'

수호가 진심으로 축하해주었다.

"잘됐네. 보너스 스탯 10개면 레벨 10개치의 가치를 가진 거 알지?"

"알죠, 알죠. 덕분에 이번 합성 작업 건으로 20레벨 이상의 효과를 봤습니다."

"그러니 앞으로도 잘 부탁해?"

"옙! 알겠습니다! 충성!"

"좋아, 이제 가서 쉬어."

"와!"

가서 쉬라는 말에 남해원이 진심으로 좋아한다.

이젠 정말로 자유를 얻었다고 생각했기에.

실제로 한동안 남해원에게 부탁할 건 없긴 했다.

그때였다.

- 선생님, 손님분께서 일어나셨습니다.

"아, 금방 내려가겠습니다."

마침 강슬기도 깨어났다.

타이밍이 좋다.

수호는 채비를 마치고 지하로 다시 내려갔다.

그러자 거기엔 따뜻한 차를 받아든 강슬기가 수호를 기다리고 있었다.

"일어나셨어요?"

수호의 등장에 강슬기가 자리에서 벌떡 일어났다.

그러더니 후다닥 수호에게 다가와 90도로 허리를 접었다.

"감사합니다, 수호 씨. 정말 감사합니다. 이 은혜는 절대로 잊지 않겠습니다."

강슬기는 연신 고개를 숙이며 온몸으로 감사를 표했다.

진심이었다.

그만큼 강슬기는 힘든 시간들을 보냈으니까.

그런데 그 지옥 같던 생활을 수호가 끝내준 것이다.

그게 설령 무조건적인 호의가 아닌 조건부 제거였지만서도.

수호가 웃으며 그를 다독였다.

"아닙니다. 저도 대가를 받고 도와드린 건데요, 뭐."

"아뇨, 아뇨. 아무리 대가를 받으셨다고 해도 어디 환자들이 의사들한테 감사 표현을 안 하던가요? 수호 씨는 제 생명의 은인이십니다. 게다가 먼저 아는 체하고 도와주시기까지 하셨는데 이 은혜는 절대로 잊지 않겠습니다."

"하하, 그럼 제가 협회에 있는 동안 잘 좀 부탁드리겠습니다."

"물론이죠! 제가 도와드릴 수 있는 거면 무엇이든지 도와드리겠습니다, 항상 말씀만주세요. 그게 설령 이번 삼종기 같은 건이라도 언제든지 도와드리겠습니다."

강슬기의 눈이 초롱초롱하다.

덩달아 지금 하는 말 모두 기분에 취해 하는 말이 아닌 오롯한 진심이었다.

그렇기에 수호는 자연스레 미소를 그릴 수밖에 없었다.

그의 목소리에서 진심이 느껴졌기에.

그리고 자원부에서 피성열 라인을 밀어내고 제대로 키울 수 있을 만한 사람을 찾았기에.

'내일이 기대가 되는군.'

기분 좋은 하루의 마무리였다.

*

다음 날.

대헌협 입구에 기자들이 가득하다.

전날 터진 수호의 기사 때문이었다.

그들은 출근하는 수호의 사진을 한 장이라도 건지려고

아침부터 기다렸지만 애석하게도 최초의 무무무 때문에 코앞에서 수호가 지나가도 전혀 보지 못했다.

'미안합니다, 대신 조만간 더 좋은 떡밥을 드리겠습니다.'

발걸음을 옮겨 엘리베이터를 타고 이동하자 게이트부 입구에 먼저 출근한 정철민이 수호를 기다리고 있었다.

"왔어요?"

"아, 네. 어제는 좀 쉬셨어요?"

"보고 올리고 바로 퇴근해서 쉬었습니다. 그래서 혹시 몰라 회사를 좀 일찍 나왔는데 생각보다 회사가 조용하네요?"

"사실 회사가 시끄러울 이유는 없죠. 굳이 잡음이 있다면 윗선에서 나와야 한다고 생각하는데 어제 보고도 하셨다면서요?"

"그렇죠?"

"근데도 조용한 거면 뭐."

말 그대로였다.

수호와 관련된 일…… 예컨대 봉인 게이트 공략 같은 건 외부에서나 시끄럽지 내부에서 시끄러울 이유가 전혀 없기 때문.

'내가 이러는 거 한두 번도 아니고.'

물론 협회 사람 중에도 수호의 팬은 분명 존재하긴 했지만 그들은 같은 회사 사람이기에 오히려 수호에게 다가오지 못 했다. 민폐인 걸 아니까.

그외의 사람들은 수호가 분명 대단한 일을 한 건 맞지만 그게 자신들과 큰 연관이 있는 일은 아니니 소소한 가십거리 정도로 소비하는 것이고.

그러니 수호의 행보에 술렁이는 건 기자들이나 외부 사람들이 보통.

수호가 웃으며 말했다.

"그보다, 오늘부터 감지과 연수받는 거죠?"

"아, 네. 이따가 감지과 과장님부터 만나고 바로 평가 시작하면 될 것 같습니다. 근데 아직은 시간이 이르니 커피라도 한 잔할까요?"

"모닝 율무차 좋죠. 뒤뜰로 갈까요?"

"좋습니다."

하루 사이 수호를 대하는 정철민의 태도가 더 친근하고 유해졌다.

이 모든 건 다 두 사람 사이에 비밀이 생겨서 그런 것.

수호는 정철민과 좀 더 가까워졌다는 사실에 기뻐하며 뒤뜰에서 얼마간 시간을 보냈다.

뒤뜰은 조용했다.

애초에 정문을 통하지 않아도 되는 곳이니 사람들 눈 피하기가 딱 좋았는데 그래서 전생 때부터 두 사람의 오랜 아지트였던 것.

이윽고 업무시간이 되자 수호는 정철민과 함께 감지과

과장 마두원을 만났다.

"마두원입니다. 화제의 스타를 보게 되어 영광이네요."

"하하, 감사합니다."

"이야기는 들었어요. 관리과 갔다가 철의 골짜기를 공략했다지요?"

"예, 그렇습니다."

"많이 위험했을 텐데 그래도 무사히 빠져나와서 참 다행입니다. 그런 의미에서 우리 감지과에서 치를 평가는 위험하거나 그러진 않습니다. 혹시 이야기는 좀 들으셨는지?"

"예, 간략하게 들었습니다."

"잘됐네. 그럼 이번 평가도 정 팀장이 수고 좀 해주지 그래? 요 며칠 갑자기 마력 폭증이 일어나서 우리가 일손이 좀 딸리거든."

"알겠습니다."

같은 부서 사람이다 보니 이런 건 생각보다 흔히 있는 일이다.

감지과 업무와 관리과 업무는 사실 크게 다르지 않았으므로.

마두원이 시간을 확인하며 말했다.

"어디 보자…… 어떻게, 지금 바로 시작할 건가?"

"예, 그 편이 좋을 것 같습니다."

"그렇게 해, 그럼. 평가용으로 빼둔 게이트 스팟이 한 대여섯 군데 정도 되는데 보고 적당히 골라서 가. 전부 다 소환 차지가 90% 정도 진행된 것들이니까."

"예, 알겠습니다."

인사를 마친 두 사람은 과장실을 나왔고 수호가 웃으며 말했다.

"좋네요. 이번에도 팀장님이랑 함께 하게 되서."

"그러게요. 그나저나 관리과 평가 때도 그렇고 이번에도 골라서 갈 수 있겠네요?"

"오, 혹시 저한테 선택권 주시는 겁니까?"

"원래도 드리려고 했습니다. 보통 이런 평가에는 후보 게이트를 많이 뽑아놓거든요."

알고 있다.

하지만 모른 척 했을 뿐.

두 사람은 금방 자리를 옮겨 조용한 방에서 후보로 발탁된 게이트 스팟들을 살피기 시작했다.

'제발 있어라……!'

수호는 두근두근한 심정으로 게이트 스팟 후보들을 살폈다.

그도 그럴 게 이 시기쯤에 생성되어 감지과 레이더망에 딱 걸리는 게이트가 있기 때문.

'거기 가려고 일부러 일정도 조절한 거란 말이야.'

정말이었다.

게이트 생성 시기를 알고 있었기에 수호는 일부러 며칠 전부터 평가 스케줄을 조절했다.

그래야지 우연인 척 그곳과 딱 맞닥뜨릴 수 있을 테니까.

그렇게 얼마간 페이지를 넘기던 중 수호는 하마터면 웃음을 터뜨릴 뻔했다.

'그래, 내가 설마 일정을 못 맞출 리가 없지.'

수호가 목표로 하던 곳은 다행스럽게도 후보에 있었다.

이게 다 기억의 도서관 덕분이다.

그렇기에 수호는 조금도 망설이지 않고 게이트 스팟 하나를 가리키며 말했다.

"이걸로 하겠습니다."

"이유라도 있나요?"

"그냥 너무 멀지도 가깝지도 않아서 이걸로 골랐습니다."

"이유 참 현실적이네요. 그럼 바로 출발할까요?"

"넵, 그러시죠. 이번에는 제가 운전하겠습니다."

"괜찮습니다. 평가자 체력 관리 못 시켰다가 무슨 소릴 들을려구요. 일부러 차 뒤에 주차해 놨으니까 뒷문으로 나가시죠."

평가 게이트를 고른 두 사람이 조용히 협회를 빠져나간다.

✻

평가용 게이트 스팟은 동두천에 있었다.

동두천은 파주만큼은 아니지만 그래도 치안이 별로 좋지 못 한 곳 중에 하나였는데 그래도 아주 사람이 못 사는 곳은 아니라 어느 정도 인구가 분포되어 있는 곳들 중 하나였다.

'그래도 나중엔 완전히 정화가 되서 다시 활기를 띠는 곳들 중 하나지.'

얼마 뒤, 대헌협에서 관리하고 있는 게이트 스팟으로 입장하자 하나둘 협회 사람들이 보이기 시작했고 정철민은 임시 지휘소 앞에 차를 세웠다.

"오, 정 팀장 왔어?"

두 사람이 차에서 내리자 임시 지휘소 소장이 반갑게 두 사람을 맞이해주었다.

그는 감지과에서 파견된 인물로 정철민의 소개에 수호는 자연스럽게 소장에게 인사를 올렸고 본격적인 평가에 앞서 가볍게 현장을 한 바퀴 돌아볼 수 있었다.

"게이트 차지가 거의 97%라니까 아마 운 좋으면 게이트 생성 과정도 볼 수 있을 것 같네요."

"그러게요. 운이 좋은 것 같습니다."

"뭐, 따지고 보면 또 막 운이 좋은 건 아니에요. 이런 곳

같은 경우엔 마력 측정 작업이 끝나서 안정 판정을 받긴 했지만 혹시 또 모르거든요. 게이트란 게 언제 어떻게 될지 모르잖아요?"

"그것도 그렇죠."

"자, 그럼 평가 항목들에 대해 알려줄게요. 우선은……."

가벼운 잡담이 끝나고 정철민의 평가 과정 설명이 시작됐다.

하지만 수호는 정철민의 설명을 듣는 둥 마는 둥 했다.

평가 과정이야 어차피 다 알고 있고 이런 건 눈 감고 쳐도 만점을 받을 자신이 있었으니까.

그렇기에 수호의 신경이 집중되고 있는 건 다름 아닌 생성되기 직전의 게이트 스팟이었다.

'97%라…….'

97%.

애매하다면 애매하다.

보통 95%를 넘긴 순간부터 갑자기 마력이 폭발해 한꺼번에 게이트가 열리는 경우도 있었으니까.

물론 흔한 경우는 아니었다.

그러나 수호에겐 지금 당장 눈앞의 게이트가 오픈될 필요가 있었다.

그래야 큰 의심 없이 게이트에 진입할 수 있었기에.

'아무래도 손을 좀 써야겠군.'

그렇기에 수호는 일부러 게이트를 자극시켜 조금 일찍 열기로 했다.

정석대로라면 자연스럽게 게이트가 열리길 기다려야 하지만 그렇게 되면 게이트 내부는 구경도 못 해보고 평가만 마치고 돌아갈 가능성이 클 테니.

그런 의미에서 게이트를 자극시켜 일찍 여는 방법은 간단했다.

적어도 미래를 살다온 수호에겐 말이다.

'지금이야 발견이 안 됐지만 미래엔 95%가 아니라 80%만 되도 임의로 자극시켜 게이트를 열어버리니까.'

물론 눈앞의 게이트 차지가 80%였다면 수호도 시도해 볼 생각을 못 했을 것이다.

방법을 모르는 건 아니지만 80% 차지는 여러모로 준비 과정이 필요해 절대로 비밀스럽게 할 수 없었으니까.

'하지만 95%가 넘은 지금은 아무도 모르게 조절이 가능하지.'

그때 마침 설명을 마친 정철민이 말했다.

"……그럼 다 이해하셨죠?"

"예, 이해했습니다. 그럼 바로 시작하면 될까요?"

"예, 우선 이 기계를 가지고 게이트 스팟 주변부터 체크해 보세요. 그리고 직접 게이트차지를 체크해 보시는 겁니다."

아까부터 계속 고개를 끄덕이고 있었으니 정철민은 수

호가 딴생각하는 것이라곤 전혀 생각하지 못 했다.

그동안 바른 모습만 보여준 수호였으니까.

그렇기에 첫 번째 평가 항목인 '차지 체크'…… 쉽게 말해, 게이트에 밀집된 마력 농도를 측정해 오픈되기까지의 시간을 재기 위한 기계를 수호에게 내밀었고 수호는 자연스럽게 그것을 받아 게이트 스팟에 가까이 다가갔다.

'바로 시작해도 되겠군.'

마침 알리바이도 좋았다.

게이트를 자극시키기 위해선 스팟에 가까이 다가가야 하는데 마침 차지 체크를 해야 하니 자연스럽게 가까이 다가갈 수 있었으니까.

수호는 받아든 기계를 스팟에 가져다 댔고 그와 동시에 기계에 자신의 마력을 주입해 자연스럽게 게이트 스팟으로 흘려보냈다.

삐- 삐- 삐- 삐- 삐삐삐삐삐삐!!

마력 측정을 시작한 기계는 적당한 리듬으로 알림을 울리기 시작하더니 이내 수호의 마력을 받자마자 빠른 속도로 울리기 시작했다.

당연한 반응이었다.

기계 자체가 마력을 감지하는 장비인데 수호는 거기에 대놓고 마력을 주입시킨 것이었으니까.

그래서일까?

기계가 빠르게 울리기 시작하자 주변에 있던 사람들 모두 하던 일을 멈추고 수호에게로 시선을 옮겼다.

그리고 얼른 게이트 스팟에서 떨어지라고 하려던 순간.

[게이트가 생성되었습니다.]

파밧!

게이트가 생성되었다.

그리고 동시에 번쩍! 빛이 일더니 게이트 스팟에서 가장 가까운 수호가 온데간데없이 사라졌다.

철컥!

게이트의 생성.

그와 동시에 게이트의 문이 닫혔다.

"……어?"

그 광경을 코앞에서 본 정철민의 등에 식은땀이 흐른다.

*

시야가 바뀌었다.

그리고 점멸되었던 시야가 다시 돌아온 순간 수호는 눈앞에 짤막한 시스템 알림 문구 하나를 볼 수 있었다.

[게이트에 입장하셨습니다.]

원래라면 뜨지도 않을 문구.

보통은 입장 직전에 게이트에 입장한다와 게이트 정보

를 불러온다는 안내, 그리고 입장할 게이트의 정보에 대한 알림을 보여주니까.

하지만 간혹 이런 문구들이 뜰 때가 있는데 이런 경우는 딱 하나.

'이제 막 열린 게이트에 강제로 입장되었을 때뿐이지.'

쉽게 말해 납치형 게이트에서나 볼 수 있는 현상이란 것.

하지만 그렇기에 수호는 더더욱 이곳을 택한 것이다.

자신이 선택한 게이트가 납치형 게이트란 걸 그 누구보다도 잘 알고 있었으니까.

수호는 고개를 들어 하늘 높은 줄 모르고 솟아 있는 거대한 석탑을 보았다.

'여기가 그 유명한 무학의 서고로군.'

무학의 서고.

한때 봉인 게이트로 지정된 곳이었으며 수호가 아닌 다른 사람이 공략한 곳.

그리고 이곳을 공략한 헌터의 이명은 다름 아닌 '무왕' 이었다.

'무왕 구택수. 미안하지만 너의 절기였던 이곳의 보물을 이번엔 내가 좀 가져갈게.'

무왕 구택수의 이명인 무왕은 말 그대로 무(武)의 왕이었다.

그는 육체로 행하는 '육탄전'에 한해선 장르 구분 없이 모두 다 발군의 실력을 보였던 전형적인 올라운더 딜러였는데 그런 구택수를 있게 한 무왕의 절기가 바로 이곳 무학의 서고에 있었다.

하지만 이번만큼은 수호가 그 절기를 손에 넣고자 했다.

그것이 있어야만 익힐 수 있는 스킬들이 존재했기에.

결심을 마친 수호는 하늘 높이 솟아 있는 석탑을 오르기 시작했다.

Chapter 2

시스템의 등장과 동시에 수많은 게이트들이 등장하며 사람들은 게이트에 대해 분석하고 수많은 의견을 내며 그 정의를 고찰해 왔다.

그리고 대격변 후반부에 이르러서 마침내 사람들은 게이트에 대해 정의할 수 있었다.

'게이트는 시스템이 만든 일종의 '테마 던전'이라고.'

여지껏 세상에 모습을 드러낸 게이트만 하더라도 그 종류가 수백여 가지.

철의 골짜기처럼 중복되는 숫자를 합치면 그 수가 수천여 개로 늘어나며 뭐가 됐든 확실한 건 게이트 안에 존재하는 것들은 모두 다 플레이어의 성장을 위해 시스템이 제공하는 인스턴스 던전이라는 것.

그렇기에 테마 던전이라고 정의한 것이다.

'왜냐하면 각각의 게이트마다 컨셉이 모두 달랐으니까.'

예컨대 어느 게이트는 전형적인 이세계 던전을 배경으로 했다면 또 어떤 곳은 무림을, 또 어떤 곳은 듣도 보도 못한 외계문명의 모습을 하고 있었으니까.

물론 지구에만 존재하는 고유의 문화를 배경으로 한 게이트들도 다수 존재했다.

대표적인 게 바로 헤라클레스 신화를 모티브로 한 철의 골짜기였으니까.

그런 의미에서 '무학의 서고'는 전형적인 무협 컨셉의 게이트였다.

중국에선 무협 컨셉의 게이트들을 보고 자기네들 문화를 표방한 것이라 주장했지만……

'그게 뭐 어쨌다고?'

별로 중요한 사실이 아니라 그 누구도 신경을 쓰지 않았다.

수호는 계속해서 석탑을 올랐다.

사실 여긴 석탑이라기 보단 높은 석산이라는 게 더 맞는 표현이긴 했다.

그럼에도 불구하고 석탑이라 칭하는 이유는 이곳이 마치 하늘에 닿을 것처럼 뻗어 있는 천공의 탑을 닮아서였다.

'여길 오르는 게 첫 번째 관문이라고 했지.'

전생에 무왕 구택수와는 사이가 나쁘지 않았다.

아니, 친하다면 친했다.

그는 순수하게 무(武)를 추구하는 사람으로 무왕답게 검술에도 많은 관심을 갖고 있는 사람이었는데 그렇다 보니 검신이라 불리우던 수호의 검술에도 지대한 관심을 보이던 사람이었기 때문.

'내가 만나본 사람 중에 다섯 손가락 안에 들 정도로 검술이 뛰어났지.'

하지만 그런 무왕이었을지언정 끝끝내 수호는 이기진 못 했다.

다른 건 몰라도 적어도 전 세계적으로 검신이라 불리우던 수호였기에 검술만큼은 수호가 한수 위…… 아니, 몇 수는 위였기 때문이다.

하지만 아이러니 하게도 그렇기 때문에 친하게 지낼 수 있었던 것이다.

구택수와 만나면 검술 대련 한 번은 기본이고 이후엔 검술에 대한 이야기로 하루 종일 이야기꽃을 피울 수 있었으니까.

'무학의 서고에 대해선 그때 알게 된 거고.'

그렇게 얼마나 석탑을 올랐을까?

한참을 위로만 치솟던 끝에 수호는 마침내 섬처럼 퍼져 있는 석탑의 끝을 볼 수 있었다.

석탑 끝에 다다른 수호는 구름사다리를 타듯 천장을 짚

어 이동했고 꼭대기 가장자리에 이르러서야 마침내 석탑 꼭대기에 발을 디딜 수 있었다.

"오래도 걸렸다."

말 그대로였다.

참 오래도 걸렸다.

아마 레드 등급의 체력 스탯과 S급 도약 스킬이 없었다면 진작에 나가떨어졌을 터.

그러나 모든 준비가 되었음을 알았기에 과감하게 이곳에 도전한 것이다.

무학의 서고는 생성 후 얼마 되지 않아 민간 경매에 내보내지니까.

경매에 내보내진 이유?

별것 없다.

무학의 서고는 명성에 비해 그렇게 위험한 게이트로 분류되진 않았는데 일단 출입이 자유로운 것이 첫 번째 이유였고, 두 번째는 대부분이 석탑을 오르는데서 포기했기 때문.

'그러다 구택수가 공략하게 됐지.'

무학의 서고는 꽤 오랫동안 공략자가 없었다.

게이트에 붙은 레벨 제한에 비해 올라야 하는 석탑의 높이가 너무 올라 다들 도중에 포기해 버렸기 때문.

하지만 구택수는 달랐다.

그는 낮은 레벨임에도 불구하고 대격변 이전부터 무릎

추구하던 인간이라 그런지 최초로 석탑을 정복해냈다.

그러니 게이트가 외부 경매로 나가기 전에 얼른 공략해야만 했다.

안 그럼 또다시 구택수가 여길 공략하게 될 테니.

'이런 면에서 보면 독점 성장하기엔 대헌협 소속인 것만큼 꿀인 것도 없지.'

수호가 괜히 환경 척박한 공무원 헌터가 다시 되었겠는가.

억만금을 줘도 절대로 얻지 못할 힘의 원천들을 그 누구보다 빠르게 선점할 수 있는 기회가 이곳에 있는데 말이다.

수호는 고개를 들어 주변을 둘러보았다.

널찍한 연무장처럼 생긴 이곳은 얼핏 보면 밴시들의 수련 장소인 곤륜과 닮아 있었으나 곤륜과 결정적으로 다른 것이 있다면 그건 바로 석탑 위에 세워져 있는 거대한 서고의 존재였다.

'저게 바로 그 유명한 무학의 서고로군.'

U자 모양으로 펼쳐진 무학의 서고는 말 그대로 책장의 형상을 띠고 있었으며 거기에는 각종 서적들이 꽂혀져 있었다.

구택수가 말하길, 이제 와서 생각해보면 서고에 꽂혀 있는 것들은 무공비급일 확률이 높다고 했다.

그렇기에 수호는 거리낌 없이 서고를 향해 다가갔다.

그때였다.

드드드득-

무엇인가 돌아가는 소리.

그 낯선 소리에 수호는 움직임을 멈추었다.

'이게 그건가 보네, 기관진식인지 뭔지가 돌아가는 소리.'

무학의 서고에 대한 데이터는 충분하다.

무왕은 생각보다 수다 떨기를 좋아했으니까.

그의 말에 따르면 '서고평'이라 불리우는 석탑의 꼭대기에 이른 뒤 서고에 다가가는 순간부터 진정한 테스트가 시작된다고 했다.

그리고 그 시작은 서고평 내부에 잠들어 있는 기관진식의 발동.

그 순간.

훙!

바람 가르는 소리.

그 소리와 동시에 수호는 본능적으로 머리를 숙였다.

그러자 수호가 머리를 숙인 직후 그 위로 거대한 창대 하나가 지나쳐 날아갔다.

"환영인사 참 화끈하네."

날아간 창대는 서고평을 갈라 저 멀리 사라졌다.

그리고 그것을 시작으로.

드드드득-

훙! 훙!

이번에 2가지 소리가 찰나의 간격으로 울리며 나타났고 수호는 이번에도 본능적으로 반 박자 빠르게 회피했다.

쾅! 쾅!

이번에 날아온 건 거대한 망치였다.

어딘가 단단하게 고정되어 있던 모양인지 그 둘은 반발력을 이용해 강하게 휘둘러졌고 그것들은 수호 대신 바닥을 강하게 내리치며 파괴흔을 만들었다.

"그래, 간만에 몸 한번 풀어보자."

드드드드득-

또다시 돌아가는 서고평 아래의 기관진식.

그리고.

훙! 훙! 훙!

이번엔 3개 방향에서 기관진식의 기습이 이루어졌다.

허나 수호는 이번에도 부드럽게 회피했다.

그리고 그때부터 본격적인 서고평의 시련이 시작됐다.

장대비 같은 기관진식의 총공세가.

*

시간이 얼마나 지났을까?

"후……."

땀이 뚝뚝 떨어진다.

분명 체력 스탯은 레드 등급인데도 말이다.

이건 체력이 부족해서 그런 게 아니었다.

감각 스탯마저 레드 등급을 달성한지 오래였지만 그런 체력과 감각 스탯만으로도 꽤나 힘에 부치는 게 서고평의 시련이었다.

"구택수 그놈은 스탯이 레드가 아닐 때 왔다던데……."

미친 괴물 같은 놈.

여긴 스탯이 오렌지 등급이어도 간당간당하겠는데 어떻게 여길 무색일 때 와서 당당하게 공략할 수 있었던 걸까?

'하긴 그 녀석은 워낙에 난 사람이긴 하지.'

그렇기에 수호는 절대로 포기할 생각도, 실패할 생각도 없었다.

무색 스탯일 때도 당당히 공략에 성공한 사람도 있었는데 그보다 훨씬 좋은 조건을 가진 자신이 공략에 실패한다는 건 말도 안 되는 일이었으니까.

하지만 마냥 회피 싸움일 것만 같은 서고평의 시련에서도 수확은 있었다.

드드드드득-

기관진식이 돌아가는 소리.

그와 동시에 수호는 기감을 활성화시켰다.

[마력감지가 발동됩니다.]

사용한 스킬은 마력감지.

마력감지를 사용한 이유?

별것 없다.

여기가 아무리 무협 컨셉을 표방한다 할지라도 결국 근본은 시스템에 있다.

말인즉, 게이트 자체를 움직이고 있는 건 내공이 아닌 마력이라는 말.

그래서 마력감지를 사용하는 것이다.

'다 컨셉일 뿐이지. 내공이든 뭐든 결국엔 다 마력이라는 하나의 힘으로 돌아가게 되어 있으니.'

적어도 지구를 집어삼킨 시스템이 추구하는 컨셉은 그랬다.

물론 사람에 따라, 게이트에 따라 마력이 아닌 내공이나 포스, 혹은 에테르라 불리우기도 한다지만 결국 공통적으로 쓰이며 근본적인 힘 자체는 마력임이 분명했다.

그렇기에 마력감지를 사용하면 기관진식의 움직임을 예측할 수 있었고 수호는 숱한 마력감지의 사용으로 B등급이었던 마력감지를 A등급으로 격상시키는 데 성공할 수 있었다.

'마력감지만큼 등급 안 오르는 스킬도 없는데 이만하면 수확이지!'

그 순간.

드드득! 홍홍홍!

쏟아지는 무기들.

그러나 수호의 행동이 더 빨랐다.

수호는 마력감지를 통해 두 박자는 빠르게 움직였고 이번에도 역시 모든 서고평의 시련을 회피하는데 성공할 수 있었다.

그때였다.

드드득- 콰직!

낯선 소리.

그것은 무엇인가가 부서지는 소리였는데 여태까지 들었던 것과는 조금 결이 다른 소리였다.

허나 수호는 그 낯선 소리에 드디어 미소를 띠웠다.

'드디어!'

수호는 이 소리가 무엇인지 안다.

이것은 빌어먹을 서고평의 첫 번째 시련이 끝났음을 알리는 소리였다.

그 증거로 수호의 눈앞에 새로운 시스템 알림이 떠올랐다.

[보스 몬스터가 등장합니다.]

시련의 종결자인 보스 몬스터가 등장했다.

수호는 턱을 타고 흐르는 땀을 손등으로 훔친 후 숨을 골랐다.

그러자 서고의 중심 바닥이 갈라지며 열리더니 그 안에서 철기둥 하나가 솟았다.

아니.

그것은 평범한 철기둥 따위가 아니었다.

기둥이라 생각했던 그것은 목각인형 특유의 생김새처럼 팔다리가 생겨나더니 이내 사람의 형상을 띠었다.

"너구나, 서고를 지키는 모쿠잔이."

모쿠잔.

그것은 무학의 서고를 지키는 파수꾼의 별명으로 구택수가 직접 지어준 별명이었다.

'옛날 고전게임에 나오는 격투 목각인형을 닮았다고 해서 모쿠잔이라 불렀다고 했지.'

그 캐릭터의 이름도 모쿠잔이라고 했으니까.

물론 진짜 이름은 따로 있었다.

수호는 녀석의 머리 위에 적힌 네임카드를 보았다.

- 서고의 파수꾼 Lv.???

서고의 파수꾼.

그게 녀석의 진짜 이름이었다.

하지만 그것은 별로 이름처럼 느껴지지 않았기에 구택수는 녀석에게 모쿠잔이라는 이름을 지어준 것.

그렇기에 수호 또한 녀석을 모쿠잔이라고 부르기로 했다.

수호에겐 모쿠잔이 더 익숙했으니까.

녀석이 있지도 않은 관절을 까득이며 앞으로 걸어나왔다.

'저놈도 검황 같은 놈이라고 했지.'

검황은 무명검 게이트의 보스 몬스터 이름 없는 검사의 별명이었다.

그러니 말 그대로였다.

구택수의 말에 따르면 모쿠잔 또한 검황과 마찬가지로 맞붙는 상대와 똑같은 상태창을 갖는다고 했다.

그래서일까?

모쿠잔 또한 등장과 동시에 바로 고유 스킬을 사용했다.

[서고의 파수꾼이 신념의 전장을 발동시킵니다.]

[신념의 전장이 발동되는 동안 서고의 파수꾼의 상태창은 도전자와 똑같은 상태가 됩니다.]

[신념의 전장이 발동되는 동안 영역 안의 모든 전투자는 서고의 파수꾼이 지정하는 무기 이외의 다른 무기는 사용할 수 없습니다.]

상태창의 복사.

그리고 제한된 무기 사용.

그것은 동일한 조건을 의미했고 그 말인즉슨, 이곳은 자신이 여지껏 쌓아온 순수한 테크닉으로만 싸워야 한다는 말.

그렇기에 이곳은 무왕 구택수밖에 공략하지 못한 것이다.

대격변이 있기 전부터 모든 무도를 추구했던 사람들 중 그 중에서도 손에 꼽히는 실력자는 오직 구택수뿐이었으니까.

하지만 그런 분야라면 수호도 자신 있었다.

"그 무왕 구택수도 검황 만큼은 꺾지 못 했거든."

수호가 앞으로 한 걸음 나간 순간.

[서고의 파수꾼이 무기를 지정합니다.]

[지정된 무기는 '검'입니다.]

[전투를 시작합니다.]

녀석의 손아귀에 검이 쥐여졌다.

"검이라."

알림을 본 수호는 자기도 모르게 웃고 말았다.

하고 많은 무기 중에 하필이면 검이라니.

"금방 끝낼 수 있겠군."

차라리 잘됐다고 생각했다.

무학의 서고는 온갖 무공을 익힌 모쿠잔을 상대로 싸워야 하는데 첫 번째 라운드가 검이라면 그 누구보다 빨리 끝낼 수 있을 테니까.

수호는 그리 생각하며 손을 뻗었다.

[블러드 웨폰이 발동됩니다.]

스킬이 발동되며 수호의 손아귀에 혈검이 쥐여졌다.

모쿠잔도 마찬가지였다.

녀석의 손아귀에도 어느 순간 강철검이 쥐여졌고 모쿠잔은 얼마간 수호를 응시하는 듯하더니 이내 성난 황소처럼 수호를 향해 달려오기 시작했다.

쾅! 쾅! 쾅! 쾅!

한 걸음 딛을 때마다 서고평이 무너질 것만 같다.

그러나 수호는 황소처럼 돌진해오는 녀석을 상대로 피하지도 않고 가만히 쳐다보기만 했다.

그러다 녀석이 칼을 뿔처럼 내세워 달려오려는 찰나, 일순 검을 휘둘렀다.

성!

혈검은 바람을 갈랐다.

그리고 모쿠잔의 검과 맞부딪혔고.

스걱!

놀랍게도 모쿠잔의 검은 칼날 통째로 허리가 베여 두 동강 나게 되었다.

- …….

졸지에 무기를 잃은 모쿠잔은 잠시 행동을 멈추었다.

이런 경우는 모쿠잔도 처음인 모양.

그래서일까?

[서고의 파수꾼이 자신의 패배를 인정하였습니다.]

[게이트가 공략되었습니다.]

[게이트 공략의 MVP는 '안수호' 님입니다.]

[MVP 선정으로 추가 경험치가 제공됩니다.]

[MVP 선정으로 보너스 스탯이 1개 제공됩니다.]

[레벨이 올랐습니다.]

[모든 스탯이 1 올랐습니다.]

[보너스 스탯을 1개 획득하셨습니다.]

놀랍게도 서고의 파수꾼은 자신의 패배를 인정하였고 그와 동시에 게이트가 공략될 수 있었다.

쏟아지는 시스템 알림을 본 수호가 블러드 웨폰을 역소환하며 말했다.

"확실히 무도가는 다르네."

애초에 컨셉 자체가 도전자의 능력을 검증하는 곳이라 그런지 모쿠잔은 자신의 패배를 깔끔하게 인정했다.

그래서 좋았다.

다른 게이트 대부분은 보스 몬스터가 죽이는 것에 미친 살인광들이었으니까.

게이트가 공략된 직후, 모쿠잔은 잠시 몸을 떨더니 망부석처럼 그 자리 그대로 굳었다.

수호는 서고 쪽으로 걸어가며 녀석을 가까이서 한번 살펴보았다.

'단단하네.'

몸을 만져보니 강철 특유의 묵직함이 느껴진다.

베여 나간 칼날 또한 마찬가지.

하지만 그럼에도 이런 강철 칼날이 두 동강 났다는 건 수호의 혈검이 더 단단했다는 말.

'스킬도 안 썼으니 이런 걸 바로 순수 피지컬이라 하는 거지.'

아무렴.

그 무왕 구택수도 순수 검술에서 만큼은 나한테 졌거든.

수호는 흡족함에 고개를 끄덕이며 서고 앞으로 다가갔다.

무학의 서고에는 수많은 무공비급들이 꽂혀 있었다.

수호가 그것들을 둘러보던 끝에 손을 뻗자 수호의 눈앞에 시스템 알림이 떠올랐다.

[무학의 서고에 오신 것을 환영합니다.]

[서고의 파수꾼을 처치한 당신은 무학의 서고에서 1권의 지식을 전수받을 수 있게 되었습니다.]

구택수가 말했던 대로였다.

무학의 서고는 파수꾼을 쓰러뜨린 만큼의 지식을 전수받을 수 있는데 여기서 말하는 지식은 당연히 스킬.

이윽고 수호의 눈앞에 몇 가지 선택지가 떠올랐다.

[검법]

[보법]

[잡기]

눈앞에 떠오른 선택지는 세 가지.

선택지를 본 수호가 마지막 항목을 보고 피식 웃었다.

'잡기라니.'

검법과 보법은 무엇인지 안다.

그런데 잡기라니.

잡기는 말 그대로 무공이 아닌 다른 잡기술들을 뜻하는 말이었는데 잡기술이라고 해서 하찮은 건 아니었다.

다만 분류를 그리 넣었을 뿐.

그렇기에 수호는 잡기를 절대 무시하지 않았다. 수호는 무학의 서고에서 얻을 수 있는 스킬들이 무엇인지 이미 모두 알고 있었으니까.

아니, 오히려 그렇기 때문에 잡기를 선택할 생각이었다.

수호가 손가락을 들어 '잡기'를 선택한 순간이었다.

[잡기를 선택하셨습니다.]

['점혈(B)'을 터득하셨습니다.]

시스템 알림과 함께 '점혈' 스킬이 터득됐다.

알림을 본 수호의 입꼬리가 올라갔다.

'드디어 점혈을 배우게 되네.'

점혈은 인간의 몸에 존재하는 혈자리들을 눌러 특수 효과를 일으키는 기술을 말했다.

그래서 잡기로 분류된 것.

점혈은 무공이나 보법 같은 게 아니었으니까.

수호는 터득한 점혈의 정보를 확인했다.

[점혈]

- 등급 : B

무림의 신비로운 혈도술.

점혈을 익힌 자는 인간의 주요 혈점들이 보이며 혈점을

정확히 자극할 경우, 각 혈점마다 가진 특수 효과를 발생시킬 수 있다.

심플한 설명.

터득한 점혈은 수호가 아는 그 점혈이 맞았다.

그렇기에 흡족함을 표했다.

그도 그럴 게 점혈은 무협에선 꽤나 흔한 기술이었지만 대격변이 일어난 현대에선 대격변의 후반부가 되도록 고작해야 십수 명밖에 익히지 못한 것이었으니까.

'공급이 있어야 소유자도 있는 법.'

이윽고 정보창을 닫은 순간이었다.

화아아!

수호가 서고의 지식 중 일부를 터득하자 별안간 서고 전체에 빛이 뿜어지더니 이내 한줌의 빛이 되어 응집되기 시작했다.

응집된 빛은 이내 수호 앞에 떠오르더니 천천히 두루마기가 되었다.

[서고화(S)를 획득하셨습니다.]

무려 S급 아이템.

수호가 서고화의 정보를 확인했다.

[서고화]

- 등급 : S

무학의 서고가 담긴 그림.

서고의 파수꾼을 처치한 자에게만 계승된다.

만월이 충만한 날, 도전자는 또 한 번 무학의 서고에 갈 수 있다.

'구택수가 말한 그대로네.'

서고의 파수꾼은 검황과 속성이 같다.

서고가 지정해준 무기로만 싸우며 싸움에서 패할 시 자격을 인정해주고 서고의 비급을 넘겨준다.

다만 검황과 다른 점이 하나 있다면 넘겨줄 게 하나뿐이었던 검황과는 달리 무학의 서고는 도전자에게 내어줄 것들이 굉장히 많다는 것.

그러니 구택수가 무왕이 될 수 있었던 건 최종적으로 이 서고화 덕분이었다.

'만월이 충만한 날이면 보름달이 뜰 때마다 들어갈 수 있다는 얘기군.'

점혈도 점혈이었지만 수호는 아직 무학의 서고에서 얻어야 할 것들이 많았다.

그것들 중에는 보법을 비롯한 점혈 같은 잡기들도 많았

지만 그중에서도 가장 탐이 나는 건 역시 무학의 서고 최고의 보물이라 일컬어지는 최종 비급이었다.

'그럼 이제 그만 가볼까?'

원하는 것을 손에 넣은 수호가 게이트 바깥으로 나간다.

⁕

게이트 바깥.

감지과 사람들은 발을 동동 구르며 무학의 서고 게이트 앞에서 수호를 기다리고 있었다.

분명 아무런 문제가 없어야 할 게이트인데 갑자기 수호가 납치되었으니 그럴 수밖에.

특히 정철민이 죽을 맛이었다.

'미치겠네, 진짜…….'

철의 골짜기는 이해한다.

자신도 함께 들어갔으니까.

그리고 여차 하면 바로 내빼기로 했으니까.

하지만 이번의 경우엔 상황이 달라도 너무 달랐다.

아무런 데이터도 없는…… 아니, 예상하지 못한 변수가 작용해 버린 게이트였다.

그러니 불안해 미칠 수밖에.

'설마 수호 씨가 잘못되기라도 하면…….'

아아.

그건 생각만 해도 끔찍하다.

그러니 정철민이 할 수 있는 건 평소 믿지도 않는 신에게 기도를 올리는 것뿐.

수호에 대한 믿음?

당연히 있긴 했다.

하지만 아무리 믿음이 있어도 불안한 건 불안한 것.

그때였다.

"어어!"

"게이트 라인! 게이트 라인이 무너집니다!"

"설마?!"

사람들의 호들갑.

그 말에 정철민은 번개같이 반응했다.

그리고 정말로 서서히 사라져 가는 게이트 라인을 보고 온몸에 소름이 돋았다.

"서, 설마!"

그 순간, 게이트 안에서 누군가 모습을 드러냈다.

수호였다.

수호는 마치 마실이라도 갔다 온 사람처럼 여유로운 표정으로 게이트 바깥으로 걸어나왔다.

"아이고…… 다들 모여 계셨구나."

"수호 씨!!"

몰려드는 사람들.

그중에서도 정철민이 가장 먼저 수호에게 달려들었다.

"제가 얼마나 걱정한 줄 아세요? 대체 어떻게 된 거예요?"

정철민의 절절한 걱정에 수호가 어색하게 웃으며 말했다.

"그게…… 아무래도 갑자기 마력이 폭주해서 이런 일이 벌어진 것 같습니다. 다행히 게이트 자체는 별로 어렵지 않아서 무사히 빠져나올 수 있었습니다."

"아아…… 다행이다…… 진짜 다행이야……."

"걱정 많이 하셨나 보네요. 하하…… 죄송합니다."

"걱정 많이 했죠. 진짜…… 진짜 많이 했죠. 전 지금도 다리가 후들거립니다."

진심으로 안도하는 정철민을 보며 수호는 조금 미안함을 느꼈다.

아무리 이곳이 어떤 게이트인지 알고 접근한 거긴 하지만 막상 가슴을 쓸어내리는 정철민을 보고 있자니 쬐끔 양심에 찔렸기 때문.

수호가 어색하게 웃으며 말했다.

"그래도 무사히 나왔잖아요. 저…… 근데 이렇게 되면 현장평가는 어떡하죠?"

"지금 그게 중요할까요? 수호 씨가 무사히 나왔다는 게 중요하지."

"그렇긴 한데……."

그래도 시험은 시험이잖아?

이후, 수호는 강력하게 건의해 다른 게이트에서 새롭게 평가를 봤고 이번에도 당연히 만점을 받을 수 있었다.

*

'이제 드디어 특수부인가.'

다른 게이트에서 새롭게 평가를 받은 후, 수호는 일찍 퇴근해 집으로 돌아왔다.

이제 남은 연수 부서는 특수부 하나뿐.

그리고 당연히 특수부에서 치를 평가도 별로 걱정되지 않았다.

특수부야말로 수호에게 가장 호의적인 곳이었으니까.

집으로 돌아온 수호는 조용히 상태창을 켰다.

[안수호]

- Lv : 75

- 클래스 : 치유사

- 특성 : <뉴블러드><헤라클레스 후보>

- 근력(R) : 99

- 체력(R) : 37

- 마력(R) : 37

- 감각(R) : 37

- 보너스 스탯 : 2

75레벨.

그리고 99개의 레드 등급의 근력 스탯과 2개의 보너스 스탯.

모두 무학의 서고에서 얻은 것들이었다.

수호는 일부러 스탯 배분을 하지 않았다.

스탯 등급이 오렌지 컬러로 격상하는 순간을 오롯이 즐기고 싶어서.

그렇기에 수호는 우선 보너스 스탯 하나를 근력 스탯에 배분했다.

[근력 스탯이 100이 되었습니다.]

[근력 스탯이 한층 더 성장합니다.]

[축하드립니다! 근력 스탯의 레벨이 올라 오렌지 등급이 되었습니다!]

레드 등급의 스탯이 오렌지 등급이 되었다.

그와 동시에 100이었던 스탯 수치가 다시 1이 되었고 붉은 테두리가 오렌지색으로 변경되었다.

또한 그 옆에는 레드 등급을 상징하는 'R' 대신 오렌지 등급을 상징하는 'O'라는 알파벳이 붙었다.

알림을 본 수호는 어이가 없음에 피식 웃었다.

처음 레드 스탯을 손에 넣었을 때도 느낀 거지만 이건 정말이지 말도 안 되는 성장력이었으니까.

'1성도 안 됐는데 벌써 오렌지 등급이라…….'

이 정도 성장 속도면 아마 이번 생엔 그 누구에게도 지지 않을 자신이 있었다.

'아니, 어쩌면 첫 번째 재앙급 게이트를 나 혼자서 공략할 수 있을지도 모르지.'

자신은 있었다.

이미 한 번 공략해 본 게이트.

두 번이라고 어려울까.

다만 혼자서 공략하기엔 그만큼의 추가 준비가 더 필요할 뿐.

수호는 남은 보너스 스탯을 마력 스탯에 투자한 뒤 상태창을 닫았다.

그때였다.

위이잉.

울리는 전화기.

발신자를 확인한 수호는 몸을 일으켰다.

피성열의 전화였기 때문이다.

수호는 울리는 전화기를 얼마간 바라보았다.

왜 전화한 거지?

뭐 할 말이라도 있나?

그리 생각하다 전화를 받았다.

"예, 선배님."

- 어, 후배님. 바빠?

"아닙니다. 집에서 쉬고 있었습니다. 무슨 일이세요?"

- 일은 무슨, 내일부터 너 특수부 연수 돌잖아. 그래서 전화했지.

"아, 감사합니다. 제가 먼저 전화드렸어야 했는데……."

- 크큭, 연수 도는 놈이 먼저 전화해서 뭐라고 하게? 이제 제가 연수를 돌게 됐으니 잘 부탁드립니다, 이러려고?

"하하, 그것도 그렇네요."

주거니 받거니.

크게 의미도 없는 너스레들.

왜 전화했을까?

정말 안부나 물으려고 한 전화는 아닐 테고.

아니나 다를까 너스레가 끝나자 피성열이 용건에 대한 운을 떼기 시작했다.

- 게이트부 평가도 싹 다 만점이라지?

"예, 그렇습니다."

- 그럼 특수부도 만점받으면 협회 역사상 최초이자 최연소 만점자의 탄생이네?

"네, 뭐. 그렇다고 듣긴 했습니다."

- 이놈 봐라? 이거 엄청 대단한 건데 생각보다 반응이 밋밋하다?

"하하…… 죄송합니다."

- 죄송할 건 아니지. 아무튼 그래서 말인데…… 이번에 특수부에서 치러질 평가. 내가 널 담당하기로 했다.

"아, 정말이십니까?"

피성열이 직접?

왜?

아무리 신경 쓰는 후배라도 천하의 피성열이 이렇게까지 할 이유가 있나?

그러나 그 호기심은 금방 충족됐다.

- 그래 인마. 그래서 말인데 특수과랑 수사과 평가, 한 방에 묶어서 보자.

특수부에는 두 개 부서가 존재한다.

플레이어 범죄자를 수사하기 위해 만들어진 수사과.

그리고 그 이외의 모든 업무를 하는 특수과.

당연히 특수과 파워가 더 세다.

마치 잡무처럼 '모든 업무'라고 포괄적으로 말하긴 했지만 정작 다루는 업무들은 다른 부서에서 하기 힘든 위험하거나 특수한 일들뿐이었으니까.

그렇기에 특수과는 수사과 업무를 할 수 있음과 동시에

모든 부서의 업무를 볼 수도 있었다.

'그런데 그런 특수과 평가와 수사과 평가를 한 방에 치르겠다?'

수호가 기억하기로 이런 전례는 없었던 것으로 안다.

하지만 다른 사람도 아니고 협회 안에서 막강한 파워를 자랑하는 피성열이다.

안 될 것도 못 할 것도 없지.

'협회장이 뭐라 할 것도 아니고.'

그러니 무슨 생각을 갖고 있는지, 평가는 또 어떻게 묶어 치를지 일단 한번 들어나 봐야겠다는 생각이 들었다.

"한 번에요?"

- 응, 한 번에. 이젠 정 팀장한테 보고할 필요도 없어. 내가 마무리할 거니까.

특수부가 마지막 연수부이다 보니 제대로 관리를 시작하려는 모양.

이런 식이면 얼른 기사를 터뜨려야겠는데?

피성열의 말이 이어졌다.

- 아무튼 그렇게 알면 돼.

"알겠습니다. 그럼 과제는 내일 알려주시는 건가요?"

- 왜? 궁금해?

"예, 솔직히 안 궁금하면 거짓말이지 않겠습니까."

- 그렇긴 하지. 하지만 지금은 늦었고 내일 업무 때 보자

고. 정리해서 한 방에 알려줄 테니까.

"예, 알겠습니다."

- 그래, 그럼 쉬고 내일 봐.

"예, 쉬십쇼. 선배님."

끝으로 통화가 종료됐다.

통화가 종료된 직후, 수호가 휴대폰을 소파 옆 사이드 테이블에 올리며 생각했다.

'뭘 시키려고 이렇게 뜸을 들일까.'

뭐가 됐든 궁금은 하네.

수호는 잠시 생각한 끝에 조진휘에게 전화를 걸었다.

*

다음 날.

수호는 피성열 출근시간에 맞춰 특수부로 향했다.

정철민과는 미리 전화를 나누었는데 놀랍게도 정철민은 자신이 담당에서 손을 떼게 되었다는 걸 모르고 있었다.

'철민이 형한테 말도 안 하고 그냥 진행한 거였어?'

참 불도저 같은 인간이다.

그래도 정철민은 상황을 이해해 주었고 수호는 근처에서 대기하다 바로 특수부 부장실로 향했다.

"어, 왔어?"

문을 열고 들어가자 밝은 얼굴의 피성열이 수호를 반겨 주었다.

"앉지."

"예."

자리에 앉자 피성열이 자켓을 벗고 상석에 앉았다.

피성열의 말이 이어졌다.

"감지과에서도 한 건 했다지?"

"별거 아니었습니다."

"크큭, 그래. 네가 별거 아니라면 별게 아닌 거지. 하지만 세상은 그렇게 생각 안 하는 거 알지? 이번에도 고생했어."

"감사합니다."

"자, 그런 의미에서 이거."

피성열이 서류철 하나를 수호에게 건넸다.

수호는 그것을 확인했고 서류 안에서 익숙한 이름을 확인할 수 있었다.

김궁원이었다.

피성열이 말했다.

"김궁원이 그놈, 지금 청옥에서 푹 썩고 있다."

역시.

플레이어 범죄자 중 특히 악질인 놈들은 대부분 청옥으로 보내진다.

그렇기에 청옥은 플레이어 범죄자들에겐 지옥과도 같은

곳.

그곳에 가면 밖에서 한 성깔 했다는 놈들도 순한 양이 될 수밖에 없었으니까.

근데 갑자기 김궁원은 왜?

수호가 물었다.

"이번에 제가 봐야 할 평가가 김궁원과 관련이 있습니까?"

"관련이 있다면 관련이 있지. 너 김궁원이 잡으러 갔을 때 기억나냐?"

"예, 기억납니다."

"그때 김궁원이 옆에 누가 있었어?"

"손백금이 있었습니다."

"서류 뒷장 봐 봐."

그의 말대로 서류를 한 장 넘기니 손백금 사진이 붙은 서류가 나타났다.

피성열이 품에서 담배를 꺼내며 말했다.

"그때 손백금을 왜 놔두고 왔다고 했지?"

"사이즈 감당이 안 돼서 두고 왔다고 말씀드렸습니다."

"그랬지. 근데 만약 감당할 수 있으면?"

그 말과 함께 담뱃불을 붙이더니 깊게 한 모금 빨아들인다.

그의 숨이 허공에서 부서지며 희끄무레한 꽃을 만들어 냈다.

수호는 그제서야 그가 시키려는 게 뭔지 알았다.

'박규민 견제 때문에 이러는군.'

갑자기 불러다가 평가를 핑계로 손백금 건을 넘긴다.

동시에 사이즈 언급까지.

이건 동네 바보를 데리고 와도 박규민 때문에 짜놓은 판이란 걸 알 수 있었다.

'내 능력도 볼 겸, 박규민 건을 엮어 자기 사람으로 확실하게 만들려는 계획이야.'

그래.

넌 이런 놈이었지.

자기 사람이 되려면 일단 손에 구정물이든 피든 묻히게 만드는.

그걸 흠이 아닌 동색(同色)이라 부르며 소속감처럼 여기게 하는.

수호가 고개를 끄덕이며 웃었다.

"감당할 수 있는 건 다 소화해야 하지 않겠습니까."

수호가 조금도 망설이지 않고 대답하자 피성열의 입꼬리가 씩 올라갔다.

그러자 특유의 금니가 드러나며 가려놓은 추악한 탐욕이 번쩍였다.

"마음에 드네. 그럼 가서 손백금이 좀 만져주고 와. 이번 건만 잘 마무리하면 부서 평가 둘 다 만점 줄 테니까."

"만져주고 오기만 하면 되겠습니까?"

"당연히 그걸로는 부족하지. 가서 손백금이 좀 만져주고 자기 연출들한테 약 친 거, 그것들에 대한 영수증도 확보해서 갖고 와."

"알겠습니다."

"연출이 누군지도 안 물어보네?"

"그 정도 눈치도 없으면 되겠습니까, 깔끔하게 마무리하고 오겠습니다."

"시원시원해서 좋네, 시간은 얼마나 필요해?"

"정해 주시는 대로 처리해 오겠습니다."

"그럼 일주일 줄 테니 느긋하게 처리하고 와. 이번이 마지막 휴가다 생각하고. 연수 끝나면 바로 특수부 부팀장으로 넣을 거니까."

"예, 선배님."

수호는 조금도 망설이지 않고 싹싹하게 대답했다.

그래서일까?

그 모습이 기특했던지 피성열이 연기를 뿜으며 웃었다.

"안수호."

"예, 선배님."

"내가 재밌는 이야기 하나 해줄까?"

"어떤 이야기 말씀이십니까?"

"내가 왜 손백금과 부협회장의 관계를 전부 알고 있는지 궁금하지 않냐?"

피성열의 말에 수호의 눈이 조금 커졌다.

이 타이밍에 갑자기?

근데 궁금하긴 했다.

피성열은 대체 어떻게 알고 있었을까?

수호가 물었다.

"호기심을 가져도 되면 조심스럽게 여쭤보고 싶긴 합니다."

"이게 뭐 별거라고 조심스럽기까지야. 간단해. 손백금은 박규민한테 찾아가기 전에 나한테 먼저 왔었거든."

"……?"

음.

이건 전혀 생각지도 못했던 사실이다.

하지만 덕분에 궁금증이 한 방에 해결이 됐다.

피성열의 말이 이어졌다.

"손백금 그놈, 김궁원의 약으로 크긴 했지만 단순히 약만 유통시켜서 큰놈이 아니야. 장사 수완이며 사업 센스 자체가 좋은 놈이란 거지. 그래서 처음엔 날 찾아왔어. 보는 눈이 있더라고. 부협회장보단 내가 더 낫다는 걸."

"근데 왜 거절하셨습니까? 윤리적인 이유?"

"윤리? 우리한테 그런 게 어딨어."

"그럼요?"

"천하잖아."

"예?"

"천한 놈들 돈 받는 거 아냐. 천한 돈 받으면 나도 천해지거든. 너 내가 원래 어디서 일했던 사람인지 알아?"

아.

그 말에 순간 수호는 기억해 냈다.

피성열이 원래 어디 소속 사람이고 어떤 사람이었는지를.

피성열이 말했다.

"나 원래 검찰에 있었어. 그것도 서울중앙지검. 그러다 갑자기 각성을 해버려서 이 꼴이 된 거고."

말 그대로였다.

그는 서울중앙지검에서 잘나가던 검사들 중 하나였다.

하지만 아무리 검사라 할지라도 시스템 앞에선 모두가 평등했고 그는 갑작스럽게 각성자가 되었고 더 이상 검사직을

영위할 수 없게 되었다.

현재 한국에는 박궁의 사례처럼 스포츠 선수를 비롯한 몇몇 직군들은 각성자가 재직할 수 없게 되어 있었으니까.

'판검사도 그중에 하나고.'

각성자들이 판검사를 못 하게 하는 이유?

그건 알 수 없었다.

그건 윗대가리들이 정한 거였으니까.

아무튼 잘나가던 검사 피성열은 그날부로 권력에서 완전히 탈선되었고 그때부터 피성열은 권력에 미친 듯이 집착하기 시작했다.

권력은 마약과 같아서 한번 맛을 보면 절대로 끊을 수 없는 것이었기에.

'그리고 그 초석이 된 곳이 바로 대헌협이지.'

피성열로선 최선의 선택이었다.

대헌협은 각성자도 근무할 수 있음과 동시에 권력을 쥘 수 있는 몇 안 되는 정부기관 중 하나였고 피성열은 검사 시절의 능력을 인정받아 이리로 올 수 있었으니까.

그렇기에 피성열은 각성자임에도 불구하고 레벨은 조금도 올리지 않고 오직 검사였던 시절의 능력만을 활용해 현재의 특수부 부장 자리에 오르는 기염을 토해냈다.

그렇기에 피성열에게 선민사상이 깔린 것이다.

원래도 스스로를 귀족이라 생각했던 사람인데 고작 각성자라는 이유로 하루아침에 모든 걸 잃었던 사람이니까.

그가 들이마신 연기를 뱉으며 말했다.

"그래서 말인데, 그럴 일도 없고 그래서도 안 되겠지만 내 사람이 된 이상 나 몰래 뒷주머니 차는 건 절대로 용납 못 한다."

"물론입니다."

"그래. 항상 명심해. 인두겁 쓰고 있다고 다 똑같은 사람들은 아니잖아? 너나 나나 다른 사람들이랑은 근본부터가 틀려. 그러니 약이나 팔아먹는 깡패 새끼들 돈은 절대로 받지 마라. 돈이란 건 권력이 모이면 알아서 따라오게 되어 있으니까."

"예, 알겠습니다."

그래.

넌 이런 놈이었지.

한낱 재물 따위에 욕심내지 않는 진심으로 권력을 탐하는 녀석.

박규민이 권력과 재물 전부를 탐하는 전형적인 아귀라면 피성열은 순수하게 권력에 미친 또라이였다.

'이런 놈이 더 무섭지. 자기가 원하는 게 그 누구보다도 확실하니까.'

그래서 재개발 게이트 같은 대형사고를 저질러 놓고도 눈 하나 깜짝 하지 않는 것이고.

피성열이 말했다.

"또 뭐 필요한 거나 질문 있나?"

그의 물음에 수호는 잠시 고민하는 척하더니 이내 준비해 온 요구사항을 꺼내들었다.

"들어만 주신다면 개인적인 부탁을 하나만 드려도 되겠습니까?"

"개인적인 부탁?"

없다고 할 줄 알았던 수호의 입에서 의외의 대답이 나오자 피성열의 고개가 모로 기울어진다.

피성열이 물었다.

"뭔데?"

"선배님이 시키신 일은 실수 없이 처리하겠습니다. 다만, 그것과 더불어 원래 보려고 했던 특수부 평가는 보게 해 주시면 안 되겠습니까?"

"뭐?"

이건 무슨 뚱딴지 같은 소리야?

딱 그 표정이었다.

하지만 수호는 진심이었다.

'나중에 이걸로 말 나오기 싫으니까.'

피성열은 나중에 나락으로 보내 버릴 인물.

그리고 잃을 게 없는 인물만큼 무섭고 귀찮은 게 없다.

'무섭진 않지만 귀찮지.'

그래서 평가 만큼은 제대로 치르려는 것.

물론 이런 이유 외에도 다른 이유도 있긴 했다.

'편의 안 봐줘도 어련히 만점받을 수 있는데 이런 식으로 기록에 영향받기 싫어.'

최초이자 최연소 만점자 타이틀.

그 명성에 피성열이란 오물을 묻히기 싫었다.

그때였다.

"푸하하하!"

피성열의 박장대소.

그러더니 황당하다는 듯 올린 입꼬리 그대로 수호를 보며 말했다.

"아 놔, 이 자식. 생각했던 것보다 더 또라이였네?"

"하하…… 죄송합니다. 만점자 타이틀이 눈앞인데 조금 아쉬워서 그랬습니다."

"크큭, 알겠다. 네 의견은 수용해 주마. 하지만 실기 말고 이론만 쳐. 실기는 일부러 손백금 건으로 뺐는데 일 두 번 시켜서 시간 낭비하고 싶지 않다."

"감사합니다. 그럼 손백금 건 처리하러 나가기 전에 오늘 필기를 볼 수 있으면 바로 보고 가겠습니다."

진심이었다.

그깟 필기가 뭐가 그리 어렵다고.

하지만 피성열이 듣기에는 조금 달랐다.

"이놈 봐라? 인마, 네가 여태 그런 식으로 필기를 봤고 전부 만점받은 건 알지만 그래도 우리 특수부는 다른 부서에 비해 필기가 얼마나 어려운지 아냐? 근데 그걸 하루만에, 그것도 오늘 치고 가겠다고?"

"일단 해보겠습니다."

"허 참, 자신감인지 객기인지……."

피성열이 다시 수호를 힐긋 본다.

그러다 문득 재밌는 생각이 떠올랐는지 서랍에서 종이 한 뭉텅이를 가지고 왔다.

"좋아. 나도 그 유명한 당일 시험 만점 한번 실시간으로 구경해 보자. 지금 바로 시험지 갖다줄 테니까 그동안 이거 보고 있어. 참고로 이것도 족집게 자료다."

후배가 도발하는데 그걸 그냥 흘릴 선배가 어디 있을까?

오히려 잘됐다고 생각한다.

수호는 족집게 자료를 읽기 시작했고 얼마 뒤 피성열이 직접 시험지를 가지고 나타났다.

"시간 더 줘?"

"아닙니다. 충분히 읽었습니다."

"미친놈. 난 분명히 말했다? 우리 시험 어려워? 괜히 어줍잖게 가오 잡다가 만점 기록 깨지 말고 지금이라도 없던 일로 하지?"

"할 수 있습니다."

"크큭, 그래. 사내 새끼가 그런 배짱도 있어야지."

시험지를 받아든 수호는 피성열의 감독 하에 바로 문제 풀이를 시작했다.

그리고 얼마 뒤, 거침없이 문제를 풀어제낀 수호가 펜을 내려놓으며 말했다.

"다 풀었습니다. 근데 OMR카드를 안 주셨는데……."

"됐어. 내가 직접 채점하면 되니까."

피성열은 그리 말하며 직접 채점을 시작했다.

사각-

사각-

종이 넘기는 소리.

얼마 뒤, 피성열이 다시 시험지를 맨 앞장으로 되돌리더니 툭 소리나게 책상에 얹었다.

그리고 수호를 조용히 쳐다보았다.

수호 역시 입꼬리만 살짝 올린 채 피성열의 말을 기다렸다.

이내 피성열이 웃음을 터뜨리며 말했다.

"미친놈, 정말 해냈네?"

"감사합니다. 일부러 쉬운 문제를 내주셔서 만점을 받을 수 있었던 것 같습니다."

"그래…… 이번 필기 건은 확실히 기재해 둘 테니 걱정 말고 가서 일 봐. 혹시 또 궁금하거나 필요한 거 있냐?"

"없습니다."

"그래, 있어도 말하지 마. 그냥 가서 일해."

"예, 감사합니다."

"좋아, 고생했다."

만점이란 말에 수호는 조용히 웃었다.

그런 다음 예를 갖춰 인사한 뒤 부장실을 나섰다.

수호가 떠난 뒤, 피성열은 닫힌 문을 얼마간 바라본 끝에 품에서 담배를 꺼내 불을 붙였다.

"후……."

그의 숨이 허공에 부서진다.

그는 허공에 부서진 자신의 숨을 얼마간 쳐다보다니 작게 중얼거렸다.

"미친놈……."

미친놈.

그 말밖엔 할 말이 없었다.

수호가 필기시험에서 만점을 맞은 것에 대한 감탄사?

고작 그런 이유 때문이 아니었다.

좀 전에 수호가 치른 시험에 OMR카드가 없던 건 이번에 수호가 푼 문제들이 특수부 공식 필기시험 문제들이 아니었기 때문이다.

좀 전에 수호가 푼 건 피성열이 평소에 만들어 둔 '진짜'들을 걸러내기 위한 특별문제들이었다.

피성열이 눈을 좁히며 답안지를 확인했다.

'이걸 전부 풀어낼 줄이야…….'

심지어 만점.

작정하고 사법고시 수준으로 만든 건데 고작 잠깐 보고 만점을 받았다.

"날이 너무 들어도 위험한데……."

피성열이 미간을 좁히며 다시 연기를 빨아들인다.

그리고 그의 입가에 미소가 맺힌다.

✳

시험을 마친 수호가 방을 나선 직후였다.

'시대가 어느 땐데 실내흡연을…… 쯧.'

예나 지금이나 담배는 참 나랑 안 맞다.

물론 각성자들은 그깟 니코틴이나 단당류 같은 것에 크게 영향을 받지 않는다지만서도 그렇다고 담배 특유의 쾌쾌한 냄새까지 향긋해지는 건 아니잖아?

수호가 몸을 털어내며 발걸음을 옮겼고 특수부와 웬만큼 멀어졌을 때쯤 휴대폰을 들어 어디론가로 전화를 걸었다.

- 어, 그래. 안 헌터.

전화한 사람은 박규민이었다.

수호가 말했다.

"바쁘십니까?"

- 아니, 그냥 그렇네. 왜 그런가?

"좀 전에 피성열 부장을 만나고 왔습니다."

피성열을 만나고 왔다는 말에 박규민아 자세를 고쳐 앉는다.

- 그래서?

"이제 특수부 연수만 남았는데 필기랑 실기 둘 다 만점

처리해 줄 테니 대신 일 하나만 하라더군요."

- 일?

"손백금한테 부회장님과 관련된 장부를 가져오랍니다. 그래서 말인데, 지금 부회장님과 손백금의 관계가 어떻습니까?"

- 그게…….

선뜻 대답 못 하는 박규민.

그 미적지근한 반응에 수호는 순간 발걸음을 멈췄다.

"그게 뭐요?"

- ……미안하네. 다른 건 거의 다 정리했는데 백금파 건은 사이즈가 사이즈이다 보니 이게 내 마음대로 쉽게 정리가 안 돼.

설설 기는 대답에 수호는 미간을 찌푸렸다.

부회장이란 인간이 그깟 깡패놈 하나 정리 못 해서 이렇게 설설 긴다고?

'하…….'

열이 오른다.

이런 인간이 4선 국회의원 출신에 대헌협 부회장이라니.

이러니 이 나라 공무원 헌터들 수준이 이 모양인 거다.

그러나 분노하기도 잠시, 수호가 화를 가라앉히며 생각했다.

'그래. 애초에 기대도 안 했다. 기대 자체를 안 했으면

실망할 일도 없고 실망을 안 하면 화가 날 일도 없지.'

그러니 화내지 않기로 했다.

언제 남의 손 빌려서 뒷정리했다고.

결국 믿을 건 나뿐이다.

수호가 말했다.

"돈은요?"

- 받은 것들은 전부 준비는 다 해뒀네.

"근데 왜 못 해요? 손백금이 안 받는대요?"

- 이제 와서 못 받는다고, 죽어도 절대로 혼자 안 죽겠다고 하더라고…… 그래서 계속 결렬됐네.

"알겠습니다. 돈 지금 어딨어요?"

- 내가 갖고 있네. 전부 암호 화폐로 만들어서 가지고 있어.

"방이세요?"

- 내 방에 있네.

"지금 갈테니 거기서 기다리십쇼."

통화를 마친 수호는 바로 부회장실로 이동했다.

부회장실에는 도둑질한 어린아이처럼 겁 먹은 얼굴로 수호를 기다리고 있었는데 그 꼴을 보고 있자니 다시금 한숨이 밀려왔다.

수호가 귀찮다는 듯 손을 내밀었다.

"지갑 주세요."

"여, 여기 있네."

"한 푼도 빠짐없이 다 들어 있죠?"

"일단은 그렇네."

"손백금 말고 나머지 건은요?"

"거의 다 정리해 가고 있어. 아마 일주일이면 정리가 다 될 거야."

"그럼 손백금 정리하고 일주일 뒤면 더 이상 피성열이 부회장님 건드릴 수 있는 건덕지는 없다, 그쵸?"

"그, 그렇지?"

"손백금 확실하게 정리하고 올 테니 그때 동안 처신 잘 하고 계세요. 만약 나중에 제가 모르는 다른 먼지들이 튀어나오면 그땐 옛날에 본 그 방에서 본 그 친구대신 부회장님이 갇혀 있게 될 겁니다."

"아, 알겠네……."

수호는 인사도 하지 않고 부회장실을 빠져나갔다.

"흐유우……."

수호가 빠져나간 뒤, 박규민이 그제서야 놀란 가슴을 진정시키며 가슴을 쓸어내린다.

*

강남에 위치한 페이몬드 플라자.

강남에 위치한 4성급 세이프 호텔 중 하나이며 백금파의 주요 본거지이기도 했다.

호텔 지하주차장에 도착한 수호가 차에서 내리지 않고 바로 손백금에게 전화를 걸었다.

- 여보세요?

"예, 반갑습니다. 손백금 씨."

- 누구십니까?

"대헌협 소속 공무원 헌터, 안수호라고 합니다. 나 누군지 알죠? 우리 구면이잖아."

- ……네?

"나 지금 당신네 호텔 지하 1층 엘리베이터 앞에 있으니까 빨리 튀어오세요."

용건을 마친 수호는 전화를 끊었다.

그러자 얼마 뒤, 손백금을 비롯한 그의 부하로 보이는 인간들이 비상구를 통해 우르르 쏟아져 나왔다.

하, 나 이 깡패 새끼들.

왜 저렇게 몰려오는 거야?

내가 뭐 너희 잡으러 오기라도 했대?

수호가 차에서 내리자 뒤늦게 엘리베이터를 타고 내려온 손백금이 보였다.

수호가 주변 깡패 중 한 놈에게 차 키를 던지며 말했다.

"주차 좀 하세요. 발렛비 필요하면 이따 따로 청구하시고. 그리고 손백금 씨, 아무리 빨리 튀어오라고 했지만 깡패 티내는 것도 아니고 우르르 이게 뭡니까?"

"용건이 뭡니까?"

"일단 방으로 갑시다. 여기까지 부른 건 나 좀 데리고 가라고 부른 겁니다. 없어 보이게 프런트에서 진상 부리고 싶진 않거든."

"아니 그게 무슨…… 지금 뭐 하자는 겁니까?"

"뭐긴? 너 보러 왔다잖아. 자꾸 말 두 번 하게 만들래?"

"아니, 근데 이 새끼가……!"

그때였다.

손백금 근처에 서 있던 깡패 하나가 인상을 쓰며 한 걸음 앞으로 나선 건.

그것을 본 수호는 순간 거리를 좁혀 녀석의 하관 전체를 오른손으로 틀어쥐었다.

"내가 왜 네 새끼야? 그리고 상황파악 안 돼? 어디 어른들 이야기하는데 끼어들고 난리야? 평생 턱받이 하고 살래?"

손아귀에 살짝 힘을 주자 녀석의 얼굴이 터질 듯이 붉게 물들었다.

깡패라고 해봤자 일반인.

고작해야 일반인에게 오렌지 등급 근력 스탯은 감당할 수 없는 재앙의 그것이었다.

수호가 깡패 한 놈을 단숨에 제압하자 주변에 있던 다른 놈들 전부가 품에서 연장을 꺼내들기 시작했다.

"하, 이것들 봐라?"

이것들이 똥오줌 못 가리고 감히 누구 앞에서 칼을 꺼내드는 거야?

아무래도 교육이 좀 필요할 것 같네.

그리 생각하며 피몽둥이를 소환하려던 찰나였다.

"다들 칼 안 집어넣어?"

손백금이 서슬퍼런 목소리로 경고한 건.

그 말에 깡패 놈들 모두가 입술을 질끈 깨물더니 이내 칼을 집어넣고 자세들을 바로 했다.

그걸 본 수호가 진심으로 어이가 없어서 피식 웃었다.

"진짜 얼탱이가 없네."

그와 동시에 수호는 미리 붙잡은 놈의 하관째로 뒤로 밀쳤고 밀린 깡패는 볼링공처럼 날아가 제 동료들과 함께 넘어졌다.

그 우스꽝스런 모습에 수호가 시선을 옮겨 손백금을 보며 말했다.

"사장님 인망이 참 좋나 보네. 내가 누군지 알면서도 저렇게 덤비는 걸 보면. 혹시 여기 있는 놈들 전부 각성자인가? 그게 아니고서야 어떻게 나한테 덤빌 생각을 다 하지?"

"……일단 올라가시죠."

"다른 방 말고 네가 집무실로 쓰는 스위트룸으로 가자.

이상한데 가면 재미없어."

"……."

침묵하는 손백금.

그러나 침묵은 금이고 긍정이랬다.

수호는 손백금과 함께 단둘이 그의 집무실로 이동할 수 있었다.

✻

방 컨디션은 생각보다 괜찮았다.

이곳은 비록 4성급이긴 하나 원체 돈을 쏟아부어 만든 곳이기도 했고 그중에서도 특히 이곳 로열 스위트룸은 손백금이 자신의 집무실이자 거처로 쓰려고 신경 써서 만든 곳이었으니까.

하지만.

"우리 집만 못 하네."

"……."

진심이었다.

이까짓 4성급 로열 스위트룸.

청담동 세이프 구역에 위치한 자신의 안전가옥만 못했다.

수호가 그의 집무용 의자에 앉으며 말했다.

"편하게 앉아요."

"……."

근처에서 의자를 끌어 와 앉는 손백금.

그가 가까이 다가오자 수호가 입을 열었다.

"요즘 조용히 지낸다면서요?"

"……제가 언제는 뭐 시끄러웠습니까?"

"꼭 입으로 떠들어야 시끄럽나? 김궁원 끼고 약 팔고 다닐 땐 여러 바닥 시끄럽게 만들었잖아요. 그러다 김궁원이 잡히고 나니까 한동안 몸 사리고 있는 거고."

"……그래서 왜 오신 겁니까?"

"박규민 부협회장이 준 돈은 왜 거절했어요?"

박규민.

그 이름이 나오자 손백금은 그제서야 상황파악을 할 수 있었다.

"솔직히 말씀드립니까?"

"그럼 나한테 거짓말하려고 했어요?"

"그런 게 아니라…… 휴, 됐습니다. 박규민 부협회장의 돈을 거절한 건 이제 와서 그걸 다시 돌려받는다 한들 의미가 없어서 안 받은 겁니다."

"왜 의미가 없어요?"

"박규민이 제 유일한 연줄이니까요. 그동안 먹인 게 있는데 이제 와서 꼬리 자르기 식으로 날 정리하려는 것 같은데 이리 정리되나 저리 정리되나 똑같이 정리될 거면 한

명이라도 더 끌고 가려고 일부러 안 받았습니다."

원래 잃을 게 없는 놈들이 제일 무섭다.

그래서 밑바닥 인생들이 무서운 것이고.

수호가 말했다.

"하긴. 궁지에 몰린 쥐가 고양이를 물기도 하니까요. 그럼 난 뭘까요?"

"예?"

"당신이 쥐고 박규민이 고양이면 난 뭐냐고요."

"……."

입을 다무는 손백금.

이게 대체 무슨 소리야?

그가 눈을 껌뻑이며 물었다.

"박규민이 보낸 거 아닌가요?"

"아닌데요?"

"……네? 그럼 왜 오셨는데요?"

"내가 개인적으로 볼일이 있어서요."

"……?"

갈수록 점입가경.

수호가 물었다.

"살고 싶어요?"

"……예?"

"살고 싶냐고 묻잖아요."

갑작스런 겁박.

그 말에 손백금의 눈알이 데굴데굴 구르기 시작했다.

이건 또 무슨 시츄에이션이지?

살고 싶냐니?

설마 지금 이 자리에서 날 죽이겠다는 건가?

당연히 그런 생각밖에 들지 않았다.

다른 사람도 아니고 검신 안수호가 갑자기 살고 싶냐고 묻는데

그때, 상황파악을 마친 손백금이 자리에서 벌떡 일어나 잠시 양해를 구하고 옆방으로 향했다.

그러더니 얼마 후 웬 명품가방…… 그것도 여행용 더플백을 하나 들고 나타났다.

그가 가져온 가방을 수호 앞에 올려놓은 후 뒤로 한 걸음 물러났다.

가방을 열어 보니 안에는 현금이 가득 들어 있었다.

손백금은 한 걸음 뒤로 물러나 두 손 모은 채 살짝 고개를 숙이고 있었는데 수호는 그 모습과 가방을 번갈아 보던 끝에 어이가 없어 헛웃음을 터뜨렸다.

"하하, 어이가 없네. 저기요."

"……예?"

"내가 돈 가지고 오라고 했어요?"

"이, 이거 아닙니까?"

"이 새끼가 날 뭘로 보고…… 넌 왜 대화가 안 되냐? 안 되겠다, 넌. 이참에 귀 좀 뚫자."

수호가 자리에서 일어나 손백금에게 다가가자 놀란 손백금이 뒷걸음질 치다 뒤편 의자에 털썩 주저앉았다.

그런 손백금을 수호가 내려다보며 말했다.

"대가리 굴리는 놈들이 흔히 저지르는 실수가 뭔지 알아? 그건 대가리를 너무 굴려서 정작 단순한 문제를 못 푼다는 거야. 앞으론 단순하게 생각해라. 지금부터 네가 겪을 고통은 그러지 못한 것에 대한 대가고."

"예, 예? 그, 그게 무슨! 자, 잠시만요!"

"늦었어."

수호는 스킬 하나를 발동시켰다.

그러자 스킬 발동과 동시에 손백금의 몸 곳곳에 혈자리들이 드러났고 수호는 그곳에 하나를 검지와 중지를 모아 있는 힘껏 찔러넣었다.

[점혈이 발동됩니다.]

사용한 스킬은 점혈.

수호가 그에게 점혈을 사용한 직후였다.

"끄아아아악!!"

스위트룸이 떠나가라 울려 퍼지는 비명소리.

그 소리에 밖에서 대기 중이던 놈들이 문을 열고 들어오자 수호가 녀석들에게 스킬 하나를 사용했다.

[위압이 발동됩니다.]

"커어억!"

위압이 발동된 순간 방 안으로 들이닥친 깡패들이 전부 다 거짓말처럼 바닥에 쓰러지며 게거품을 물고 흰자위를 띄었다.

그럴 수밖에.

수호의 위압 스킬은 본래라면 A등급이어야 하나 드래곤 블러드 효과로 현재는 S등급에 달했다.

말인즉, 튼튼한 몬스터와 헌터도 견디기 힘든 위압이 일반인 깡패들에게 적용됐다는 말.

그나마 살살 풀어서 이 정도지 수호가 진심으로 위압을 사용했으면 아마 여기 있는 모두가 졸도했을 것이다.

수호는 다시 시선을 옮겨 손백금을 보았다.

녀석은 위압에 휘말린 녀석들보다 훨씬 더 고통스러워하고 있었다.

당연했다.

수호가 찌른 혈자리는 인간이 가진 혈자리 중 최악의 고통을 자아내는 악혈 중의 악혈이었으니까.

그렇게 1분을 넘게 손백금을 방치한 끝에 수호는 그제서야 다시 혈자리를 눌러 손백금을 고통으로부터 해방시켜 주었다.

실신이라도 할 것처럼 부르르 떠는 손백금에게 수호가

무릎을 굽혀 높낮이를 맞추며 말했다.

"머리가 나쁘면 몸이 고생이란 말이 있지? 내 앞에선 대가리 굴리지 말고 시킨 것만 해. 알겠어?"

"아, 알겠습니다."

"일어나."

"끄흑……."

그의 몸이 사시나무 떨리듯 떨린다.

악혈이 풀렸다고는 하나 아직 그 고통의 여파가 남아 있다.

하지만 악혈의 고통보다 더 무서운 것이 수호에게서 느끼는 공포감이었다.

그래서 이를 악물고 일어나는 것이다.

그가 바들바들 떨며 일어나 자세를 바로 취하자 수호가 다시 의자에 앉으며 말했다.

"뇌물장부 가지고 있지? 박규민한테 준 거."

"예, 그렇습니다."

"가져와. 아참, 참고로 박규민한테 준 것뿐만이 아니라 여태 약 친다고 뿌렸던 장부들 싹 다 가지고 와. 너 대헌협에만 약친 거 아니잖아. 경찰, 검찰 할 것 없이 전부 다 가지고 와."

안수호 가라사대.

부탁은 멀고 혈자리는 가깝다 하였다.

좋은 말이다.

악혈 맛을 본 손백금은 수호의 요구에 조금도 망설이지 않고 장부를 가지고 왔으니까.

수호가 장부를 좌르륵 훑으며 말했다.

"검찰부터 경찰까지 많이도 뿌려놨네. 돈 많나 보다 너?"

"아, 아닙니다."

"아니긴, 아무리 돈 많은 깡패라도 이런 호텔 하나 먹으려면 얼마나 노력을 많이 해야 되는데……."

말을 줄인 수호는 다시 천천히 장부를 살폈다.

그러던 중 장부에서 반가운 이름들을 발견했다.

'이것 봐라?'

장부 안에 아는 이름들이 많다.

그것도 아주 반가운 이름들이.

'역시 강남에서 노는 애들이 먹을 게 많아.'

어느 정도 예상은 하고 왔지만 정말로 여기서 엮이게 될 줄이야.

이래서 같은 빨랫줄에 걸려 있는 놈들이 참 좋다.

적당히 털다 보면 비슷한 먼지들을 뱉어내니까.

수호가 장부를 덮어 인벤토리에 넣으며 말했다.

"손백금 씨."

"예, 예?"

"요즘처럼 조용히만 사세요. 그럼 살려는 드릴 테니까."

"……."

쉬이 대답하지 못 하는 손백금.

손백금은 저 말이 무슨 뜻인지 잘 안다.

옛날처럼 약 사업 하지 말고 지금처럼 조용히 납작 엎드려 지내라는 뜻.

물론 약 같은 게 없어도 백금파는 앞으로도 잘나갈 것이다.

주된 수입원이었던 김궁원의 약이 끊기긴 했어도 이미 강남도 장악했고 안정적으로 수입이 들어올 사업체들…… 예컨대 지금 갖고 있는 페이몬드 플라자 같은 것들을 꽤 확보했으니까.

수호가 말을 이었다.

"그냥 하는 말 아닙니다. 아무리 개가 똥을 못 끊는다지만서도 살고 싶으면 끊어야 할 거예요. 안 그럼 날 다시 봐야 될 겁니다."

"……알겠습니다."

"아, 그리고."

수호가 휴대폰을 켜 날짜를 확인했다.

"지금부터 한 일주일 정도만 해외에 나갔다가 오세요."

"해, 해외요?"

"잠시 쉬러 간다 생각하고 일주일만 나갔다 와요. 휴양지 고를 생각하지 말고 지금 나갈 수 있는 비행기 중에 제일 빠른 걸로 타고 나가요. 그리고 돌아오는 시간이랑 공항 위치 찍어서 나한테 보내고. 당연한 이야기겠지만 그 누구한테도 오늘 이야기에 대해 발설하면 안 됩니다. 난 여기 온 적도 없고 해외는 당신이 갑자기 가고 싶어서 간 거예요."

"……알겠습니다."

"그래도 혹시 모르니까."

수호는 손백금의 몸을 잠시 살피더니 배꼽 근처를 손으로 눌렀다.

그러자 점혈이 발동되었고 수호가 피식 웃으며 말했다.

"이건 보험."

"보, 보험요?"

"한동안 밤일 못 할 겁니다. 내가 그런 혈자리를 만졌거든. 그러니 다시 남자 구실하고 싶으면 약속 잘 지켜요. 그럼 다시 남자로 만들어줄 테니까."

"그, 그게 무슨! 그럼 제가 고자라도 됐다는 건가요?"

"궁금하면 이따 나가서 한번 확인해 보시든가. 그럼 또 봅시다."

수호가 손백금의 어깨를 두드려 준 후 방을 나섰다.

뇌물장부를 확보한 수호는 집으로 돌아왔다.

그런 다음 외부 직원에게 아이템 주문을 넣은 뒤 본격적으로 분류 작업을 시작했다.

경찰과 검찰을 나눈 뒤 또 그 안에서 여러 그룹으로 묶었다.

분류 작업을 마친 수호는 노트북으로 특정 인물들을 그룹 옆에 추가하기 시작했고 모든 작업을 마친 다음에야 서기원을 호출했다.

"기원아."

"예, 형님."

"여기 적혀 있는 사람들 개인정보 좀 털어줘."

"예, 형님."

남은 일주일 동안 만날 사람들이 수두룩하다.

그리 생각하며 다음 서류를 펼치려던 때였다.

위이잉-

울리는 전화기.

발신자를 확인한 수호가 밝은 목소리로 전화를 받았다.

"예, 김건 씨."

- 안녕하세요, 헌터님. 김건입니다. 잘 지내셨어요?

"저야 뭐 늘 똑같죠. 그나저나 무슨 일이세요?"

- 아, 저 이제 피시방 정리도 하고 주변 정리도 끝났다고 말씀드리기 위해 연락드렸습니다.

"오, 그래요? 넥서스에선 연락이 왔나요?"

- 예, 안 그래도 연락이 왔는데 우선 헌터님이랑 먼저 이야기를 나누고 방문드리기로 했습니다.

"잘하셨어요. 그럼 저희 좀 잠깐 볼까요? 마침 김건 씨 드릴 파트너 아이템도 제작이 끝났는데."

- 저는 좋습니다. 어디로 가면 될까요?

"제가 댁으로 가겠습니다. 그 편이 나을 테니까요."

- 거리가 상당한데…… 감사합니다.

"예, 그럼 이따 뵙겠습니다."

타이밍이 좋다.

어차피 개인정보 확보하려면 시간이 좀 걸린다고 했으니까.

수호는 바로 차를 몰고 인천으로 향했다.

"안녕하세요?"

"아, 오셨군요!"

대문을 두드리자 휠체어에 앉은 김건이 수호를 맞아주었다.

그 모습을 본 수호가 웃으며 말했다.

"저 온다고 일부러 원래 몸으로 계신 거예요?"

"하하…… 이젠 좀 익숙해지려고 동생 몸 관리 할 때 빼고는 일부러 이 몸으로 지내고 있습니다."

수호가 시선을 옮겨 거실 침대에 누워 있는 김권을 보았다.

괜찮냐는 질문은 하지 않았다.

그런 뻔한 위로는 누군가에게 동정처럼 들릴 수도 있기에.

그 대신 평소처럼 밝게 말했다.

"좋은 마음가짐입니다. 그런 의미에서 일전에 약속드렸던 걸 가지고 왔습니다. 지금 바로 사용해 보실까요?"

수호가 인벤토리에서 구슬 하나를 꺼내 내밀었다.

수호가 내민 구슬.

다름 아닌 영혼기병을 위한 신비로운 메타 슈트였다.

Chapter 3

슈트를 받아든 김건이 물었다.

"이게…… 제 파트너 아이템이라고요?"

"예, 평소엔 이런 구슬 형태인데 전 이걸 슈트볼이라고 부르기로 했어요."

"슈트볼요?"

"예, 일단 아이템 정보부터 한번 확인해 보세요."

수호의 말대로 김건은 슈트의 정보를 확인했다.

그리고 아이템 정보의 두 번째 정보를 보자마자 눈이 휘둥그레 커졌다.

"자, 잠시만요. 이, 이거 S급 아이템인데요?"

"예, 그래서 구하기가 힘들었습니다. 그거 정말 귀한 거거든요."

"아, 아니 이런 귀한 걸 왜 저한테……?"

"약속드렸잖아요. 김건 씨한테 직장을 구해다 드리겠다고. 전 김건 씨가 헌터로써 활동하셨으면 좋겠습니다. 그러기 위해선 김건 씨한테 그거만큼 좋은 것도 없거든요. 그래서 말인데, 일단 한번 착용해 보시겠어요?"

"이걸요?"

"예, 아이템 정보에 적혀 있죠? 빙의가 가능하다고. 아이템 사용법은 간단해요. 동생분 몸에 빙의하듯 슈트에 빙의하세요. 그 다음부턴 자연스럽게 사용법을 알게 되실 거예요."

"자연스럽게……."

김건은 얼마간 슈트볼을 만지작거렸다.

그러더니 이내 결심이 섰는지 고개를 끄덕였다.

"알겠습니다."

김건은 잠시 고민하더니 슈트볼을 빈 침대에 올려두었다.

그런 다음 빙의 능력을 사용하자 그의 몸에 자연스럽게 힘이 빠졌고 슈트볼에 빛이 들어오기 시작했다.

빙의에 성공했다는 증거였다.

수호는 조용히 슈트볼의 변화를 기다렸다.

그리고 얼마 뒤.

꾸물꾸물.

슈트볼이 움직이기 시작한다.

그러더니 이내 진흙이 확장되듯 인간의 형상을 띠기 시

작했고 얼마 지나지 않아 꽤나 고전적인 디자인의 암살자 형상이 만들어졌다.

그러나 말 그대로 형상만 만들어졌을 뿐, 그의 육체는 한 가지 색 찰흙으로 만든 인형처럼 검보랏빛을 띠었다.

그리고 마침내.

화악!

검보랏빛 뿐이었던 그의 육체에서 노란 안광이 뿜어지며 비로소 김건의 정신이 안착되는데 성공했다.

동시에 마네킹처럼 뻣뻣하던 메타 슈트가 인간처럼 자연스럽게 움직이기 시작했다.

"……."

슈트에 탑승한 김건은 전형적인 빙의자처럼 우선 자신의 양 손바닥을 오물거리며 현실 파악을 시작했다.

그러더니 마치 진짜 자신의 몸처럼 부드럽고 자연스러운 움직임에 두 주먹을 꽉 쥐며 고개를 들었다.

"헌터님……."

감개무량한 목소리.

그는 정말로 감동한 나머지 목소리에 물기가 살짝 묻어났다.

수호가 웃으며 물었다.

"어때요?"

"……최고예요. 진짜 제 몸을 쓰고 있는 것 같아요."

"만족하시는 것 같아 다행이네요."

"만족 정도가 아니에요. 너무 감격스러워서 눈물이 날 정도에요……."

김건은 진심이었다.

여태 동생의 몸을 빌려 쓴다는 것 자체가 양심의 가책을 느끼고 있었는데 이젠 동생의 몸이 아닌 다른 것을 통해 그 자유를 누리고 있었으니까.

수호가 말했다.

"그 정도로 감격하시면 아쉽죠. 제가 아는 게 맞다면 슈트 안에 두 가지 모드가 있을 텐데 혹시 찾으셨나요?"

"예, 1인칭 모드랑 3인칭 모드가 있습니다."

"지금이 1인칭이죠?"

"네."

"3인칭으로 한번 전환해 보시겠어요?"

"3인칭으로 전환이라면…… 어, 어?"

그가 3인칭 모드로 전환한 순간이었다.

모드가 전환된 직후, 김건은 다시 한번 깜짝 놀랄 수밖에 없었다.

그도 그럴 게 1인칭 모드가 기존의 빙의와 같은 방식이었다면 3인칭 모드는 그 누구보다도 김건에게 익숙한 모습으로 조작 환경이 변경되었으니까.

김건이 떨리는 목소리로 말했다.

"이, 이건…… 옵스 아니에요?"

"네, 정확히는 옵스와 비슷한 조작 UI죠."

말 그대로였다.

3인칭 모드로 변경하자마자 김건은 '플레이어'가 아닌 '게이머'로 변경되었다.

말인즉, 3인칭 모드에서의 김건은 외형이 변경된 캐릭터를 오버 스트라이크에 나오는 캐릭터를 조종하듯 3인칭 관찰자 시점에서 조작할 수 있게 되었다는 말.

'그래서 삼종기를 꼭 손에 넣어야 했던 거고.'

수호가 말했다.

"메타 슈트의 3인칭 모드는 사용자가 가장 친숙해하는 환경을 바탕으로 조작 환경이 구현된다 들었습니다. 그래서 전 확신했습니다. 만약 김건 씨라면 메타 슈트는 분명 오버 스트라이크와 똑같은 조작 환경을 제공해줄 거라고 말이죠."

"세상에 이럴 수가……."

"아마 키보드에 마우스까지 싹 다 구현되었을 테니 한번 움직여 보세요. 지금 보니까 생성해내신 슈트 외형도 옵스 하실 때 주캐로 사용하시는 암살자 캐릭터, '켄지' 아닌가요?"

"마, 맞아요. 익숙한 외형을 떠올리라길래 저도 모르게 켄지를 떠올리긴 했어요."

"아마 켄지의 움직임이나 기본 스킬 같은 것도 그대로 구현되어 있을 겁니다. 효과까지 구현되진 않았을 테지만 그래도 모션 자체는 구현되어 있을 테니 한번 사용해 보세요."

수호의 권유에 김건은 자신의 아바타 '켄지'를 조작하기 시작했다.

그리고 아마 수호의 예상이 맞다면 현재 김건은 슈트 내부에서 27인치 화면과 키보드와 모니터로 구성된 환경에서 켄지를 조작하고 있을 터.

이윽고 켄지가 움직이기 시작하자 김건의 켄지는 아니나 다를까, 전형적인 옵스의 켄지처럼 움직였다.

'켄지는 검을 사용하는 암살자 캐릭터. 그런데 그런 켄지를 1인칭 모드로 사용해 봤자 실제 검술을 모르는 김건이 100% 활용할 순 없을 터. 하지만 3인칭 모드로 평소에 즐겨하던 옵스 환경 그대로라면……!'

이윽고 현란하게 움직이며 무기를 휘두르는 켄지.

이것들은 모두 평소 김건의 키보드와 마우스에 지정된 단축키를 활용한 움직임으로, 이런 류의 움직임은 오직 켄지에 대한 이해도가 극에 달한 김건만이 구사할 수 있는 컨트롤이었다.

"역시 켄지의 정점은 달라도 확실히 다르네요. 저도 한때 옵스를 하던 사람으로서 이렇게 실사 크기의 켄지를 보니 감회가 새롭습니다."

"하하…… 사실 저도 지금 꿈만 같아요. 느낌 자체는 그냥 옵스를 하는 것 같은데 내 캐릭터가 서 있는 곳은 옵스가 아니라 진짜 현실이니……."

"근데 아시죠? 켄지뿐만이 아니라 김건 씨가 마음만 먹는다면 옵스의 다른 캐릭터…… 아니, 세상의 그 어떤 존재로도 변신할 수 있다는 거. 한번 해보실래요? 사용법은 아시죠?"

"네, 잠시만요."

김건은 잠시 슈트를 조작하는 듯싶더니 이내 슈트 컨트롤법을 완전히 깨달았는지 금방 외형 변형을 시작했다.

그런데 김건이 이번에 변경시킨 외형은 다름 아닌 눈앞의 수호였다.

수호가 자신을 똑같이 카피해낸 김건을 보며 피식 웃었다.

"일부러 저를 흉내내신 거예요?"

"하하, 네. 바로 눈앞에 계시니 모델링 구현하기가 쉬워서요. 혹시 기분 나쁘셨다면 죄송합니다."

"아녜요. 나중에 한 번쯤은 저를 카피해보라고 말씀드리려 했는데 잘하셨어요. 근데 외형이 아직까지 검보랏빛인데 색깔까지 구현하는 법은 못 익히셨나 봐요?"

"잠시만요."

수호의 주문에 김건은 다시 슈트를 조작하기 시작했다.

그러자 얼마 뒤, 검보랏빛의 수호가 카멜레온처럼 색상

변형을 일으키더니 이내 눈앞의 수호와 똑같은 색 구성을 띠기 시작했다.

김건이 물었다.

"어떤가요?"

"완벽하네요. 이 정도면 저랑 쌍둥이라고 해도 믿겠어요."

수호가 근처의 거울을 가져다 보여주자 김건도 감탄했다.

"와……."

"자, 그럼 더 자세한 건 직접 조작해 보시면서 조작법을 익히도록 하시고…… 이제 일 이야기를 좀 해볼까요? 바로 본론을 말씀드리자면 전 김건 씨를 개인적으로 좀 고용하고 싶습니다."

"……네? 헌터님이 저를요?"

"예, 제가 김건 씨를요. 그러려고 파트너 아이템을 구해온 거니까요."

메타 슈트를 가진 김건은 수호가 아는 사람들 중 국내에선 열 손가락 안에 꼽히는 올라운더다.

그도 그럴 게 메타 슈트를 이용한 자유로운 외형변경으로 딜이면 딜, 탱이면 탱, 암살이면 암살까지 모든 게 다 가능했으니까.

'게다가 자유로운 외형변경으로 잠입과 추적에도 용이하고 지문이나 체모 등이 없으니 흔적도 안 남긴다.'

또한 위급 상황엔 빙의를 해제하고 슈트볼만 확보하면

되니 슈트에 탑승해 있는 김건이 죽을 확률은 거의 제로에 가까웠다.

그렇기에 김건을 영입하려는 것.

'이런 식의 플레이는 오직 빙의술사, 그중에서도 오직 김건만이 가능하니까.'

수호가 말을 이었다.

"물론 고용 자체는 비공식적인 고용이 될 겁니다. 아시다시피 전 현재 공무원 신분이거든요. 그래서 우선 김건 씨를 넥서스에 가입시킨 뒤 제가 넥서스에 의뢰하는 방식으로 김건 씨의 도움을 받고 싶습니다."

"지, 진심이세요? 저 같은 게 헌터님한테 무슨 도움이 된다고……."

"큰 도움이 될 겁니다. 전 그 누구보다도 게이트 종식을 바라는 사람으로서 항상 실력자에 목말라 있거든요. 아, 물론 보수는 섭섭지 않게 드리겠습니다. 그와 더불어……."

수호가 누워 있는 김건의 동생, 김권을 가리키며 말했다.

"저의 치유 능력이 일반 질병 그 이상을 치유할 수 있게 되었을 때 가장 먼저 동생분부터 치료해 드리겠습니다."

"……!"

동생의 치료!

그 말에 김건의 눈이 여지껏 본 것들 중 가장 크게 커졌다.

"제, 제 동생이 치료가 가능하다고요?"

"현대 의학으로는 불가능하지만 초현실적인 힘을 가진 플레이어 치유사라면 가능합니다."

"저, 정말인가요? 한때는 저도 그렇게 생각해서 온갖 정보를 다 뒤져 봤지만 아무리 레벨 높은 치유사라도 코마 상태의 사람까지 치료했다는 사례는 본 적이 없었는데요?"

"그들의 방법이 잘못된 겁니다. 병마다 치료법이 다르듯 치유사들도 힐이나 리커버리처럼 다양한 종류의 치유 스킬이 있으니까요."

거짓말이 아니었다.

실제로 러시아의 성녀, 이사벨라가 최초로 식물인간을 치료한 적이 있었으니까.

'난 그 방법을 그대로 따라하면 되는 거고.'

김건은 수호의 말에 너무 큰 충격을 받았는지 얼마간 대답을 하지 못 했다.

하지만 이내 정신줄을 단단히 부여잡고 또렷하게 대답했다.

"뽑아만 주시면 최선을 다하겠습니다."

"좋습니다. 그럼 일단 가입 테스트부터 받으러 가보실까요?"

"테스트요?"

"말씀드렸잖아요. 전 넥서스를 통해 김건 씨를 고용하겠다고. 그러니 우선 넥서스 가입 테스트부터 받으셔야 되지 않겠어요?"

"아! 네! 알겠습니다! 저 근데 테스트 받는데는 시간이 얼마나 걸릴까요? 자리를 너무 오래 비우기엔 동생 때문에……."

그때였다.

띵동!

갑자기 울리는 현관 벨소리.

확인해 보니 수호가 호출한 유니온 소속 도우미 직원들이었다.

수호가 문을 열어주기 전 김건에게 말했다.

"김건 씨가 자리 비우실 동안 동생분을 케어해주실 도우미분들입니다. 혹시 몰라서 미리 불러뒀죠."

"아……!"

"일단 문 열기 전에 외형부터 바꾸실까요? 지금 들어오면 저분들은 저한테 쌍둥이가 있는 줄 알지 않겠습니까."

"아, 넵!"

김건이 다시 켄지의 모습으로 외형을 바꾸었다.

그런데 이제 보니 켄지도 좀 튀는 것 같다.

"……일단 김건 씨 모습으로 가시죠."

"하하, 넵."

이윽고 직원들에게 휠체어에 늘어진 김건과 김권을 부탁한 수호는 슈트 모드의 김건과 함께 파주에 위치한 넥서스 아카데미로 향했다.

“그러니까…… 이분이 빙의 특성을 가진 분이신데 지금 이 모습 자체가 아이템으로 외형 변경을 하신 거란 말씀이시죠?”

“외형 변경도 변경인데 이 모습 자체가 아이템이에요.”

“……이 모습 자체가요?”

“예, 그렇죠. 김건 씨?”

“예.”

수호의 고갯짓에 김건은 자신의 원래 모습이 아닌 옵스의 켄지로 외형을 변경했다.

그 과정에서 일어난 꾸물럭거림에 넥서스 사무장 김이강이 조금 놀란 표정을 지었으나 이내 침착함을 되찾고 감탄하기 시작했다.

“와, 이건…….”

“옵스 아세요? 오버 스트라이크라고 예전에 한창 날렸던 게임인데 거기 나오는 암살자 캐릭터 켄지…….”

“아, 당연히 알죠! 저 옵스 진짜 좋아했거든요. 대격변 이후엔 사람이 줄어서 거의 망했다고 들었는데 설마 갑자기 여기서 켄지를 보게 될 줄이야…….”

“그럼 대화가 더 쉽겠네요. 김건 씨, 말 나온 김에 켄지 콤보 좀 보여주세요.”

"예, 그럼 켄지 콤보 중에 제일 유명한 초풍살 콤보로 한 번……."

"초풍살!"

초풍살이란 말에 김이강이 경악한다.

그도 그럴 게 초풍살 하면 켄지고 켄지 하면 초풍살이라 불릴 만큼 초풍살은 켄지의 시그니처 콤보였으니까.

하지만 그것과 더불어 김이강이 더 놀란 건 그 유명한 초풍살 콤보를 김건이 창시했기 때문.

이윽고 김건이 드넓은 훈련장에 초풍살 콤보를 시전했다.

앞으로 바람을 가르듯 날아가며 그사이 공격기를 4개나 쑤셔박는 초풍살 콤보는 보이는 그대로 게임 속에서나 보던 완벽한 초풍살 그 자체였다.

그래서일까?

초풍살을 본 김이강이 자기도 모르게 입을 쫙 벌리며 바들바들 떨었다.

"미, 미쳤다…… 초풍살 실사화라니……!"

김이강 그 역시 주캐가 켄지일 만큼 그는 켄지를 사랑하는 남자였다.

그런데 눈앞에 옵스 세계랭킹 1위가, 그것도 실사화 크기의 켄지가 직접 초풍살을 시전해주니 말 그대로 극락왕생할 뻔한 것.

이외에도 수호는 김건에게 '레온하르트'나 '반조' 같은 다른 옵스 캐릭터들을 주문했고 그때마다 다른 옵스 캐릭터로 시그니처 콤보를 시연해 보이자 김이강은 더 고민하지 않고 바로 계약서를 들이밀었다.

"이 정도면 더 볼 것도 없겠네요. 바로 계약하시죠."

"등급은요?"

"저분도 거기 소속시키실 거죠?"

"예, 제 개인 공략대요."

"그럼 똑같이 B급으로 시작하시고 레벨 100 찍으면 A급으로 올려드리겠습니다."

"감사합니다."

"근데 혹시 개인 공략대 이름은 정하셨나요?"

공략대 이름.

따로 설정해 두진 않았지만 이젠 이름이 필요할 것 같다.

그래서 있던 이름을 사용키로 했다.

"예, 밴시라고 부르기로 했습니다."

"밴시…… 알겠습니다, 밴시로 메모. 저 근데 혹시 개인적인 부탁 하나만 드려도 될까요?"

"어떤 부탁요?"

"제가 켄지를 진짜 좋아해서 그런데 켄지로 변신하셔서 사진 한 장만……."

"그 정도야 뭐, 김건 씨?"

"예!"

수호의 요청에 켄지 모습으로 사진을 찍어주는 김건.

이후, 수호가 김이강에게 말했다.

"그럼 김건 씨한테도 똑같이 출입카드 좀 부탁드릴게요. 그리고 이건 따로 요청드리고 싶은 건인데……."

수호가 김이강에게 추가 요청사항을 전달하자 이야기를 듣던 김이강이 고개를 끄덕였다.

"그 정도야 쉽죠. 저희가 비용을 내는 것도 아니고 저번에 땅지기 광산에서 받으신 비용으로 하시겠다는데. 바로 준비해 드리면 될까요?"

"예, 좀 부탁드리겠습니다. 아 참, 그리고 혹시 강대한 헌터는 요즘 근황이 어떤가요?"

"강대한 헌터는 배정받은 팀에서 착실히 공략 다니고 있습니다. 왜 그러세요?"

"그냥 같이 공략했던 사이라 어떻게 지내나 해서요. 레벨은 몇인가요?"

"아마 제 기억이 맞다면 80레벨대나 90레벨대일 거예요. 궁금하시면 한번 연락해 보시는 게 어떠세요? 안 그래도 연락 기다리고 있던데."

"무슨 일 있나요?"

"아뇨, 그런 건 아니고 수호 씨잖아요. 그래서 연락 기다리는 거죠. 탑스타의 연락이니."

"흠."

어떤 느낌인지 잘 알겠다.

하지만 아직은 때가 아니다.

탱커로 빛을 발하는 수호자 강대한은 직접 현장에서 구르는 것이 가장 좋은 방법이었으니까.

수호가 말했다.

"그럼 강대한 헌터 레벨이 100이 되면 한번 연락주세요. 어차피 1성급 헌터가 되면 여러 곳에서 러브콜이 올 텐데 그전에 제가 먼저 만나보고 싶네요."

"알겠습니다. 그럼 길드원 카드랑 이것저것 준비되는 대로 연락드릴게요."

"김건 씨한테 연락주세요. 그럼 될 거예요."

"알겠습니다. 그럼 바로 가입 절차 진행하시죠."

이윽고 김건의 정식 넥서스 가입 절차가 진행됐고 마침내 김건의 사인만을 남겨놓은 상황이었다.

수호가 김이강에게 요청해 추가로 집어넣은 특약사항까지 확인한 뒤 김이강에게 고개를 끄덕였다.

그러자 사전에 요청받은 대로 김이강이 먼저 자리를 비켜주었고 방에는 수호와 김건, 두 사람만이 남게 되었다.

수호가 말했다.

"이제 여기에 사인만 하시면 김건 씨도 넥서스 길드의 B급 길드원이 되시는 겁니다."

"감사합니다. 열심히 하겠습니다."

"아직 감사 인사를 받기엔 일러요. 왜냐면 지금부터 설명드릴 것들이 가장 중요하니까요."

수호가 특약사항들을 가리키며 말했다.

"제가 김건 씨를 고용한다고 말씀드렸죠?"

"예, 그쵸?"

"김건 씨는 고용되는 대로 제 개인팀으로 배정될 겁니다. 그럼 제가 직속상사가 되는 거예요. 그럼 앞으로 절 팀장님이라고 부르시면 됩니다."

"아아, 넵. 명심하겠습니다. 그리고요?"

"제가 드린 파트너 아이템에 대한 건데 여기 적힌 걸 보시면 아시겠지만 파트너 아이템은 제 개인팀에서 근무하실 때만 무료로 대여해드릴 수 있습니다. 그 외엔 대여해드릴 수가 없어요."

가장 중요한 항목이다.

세상에 공짜는 없으니까.

그러나 김건은 대수롭잖다는 듯 고개를 끄덕였다.

"그리고요?"

"그 외엔 김건 씨가 넥서스 소속이란 것과 제 개인팀 존재에 대한 것, 그리고 제가 드린 파트너 아이템에 대한 모든 것들에 대한 비밀유지를 약속해 주셔야 합니다."

"이게 끝인가요?"

"네, 이게 전부입니다."

"너무 쉽네요. 반드시 지키고 명심하겠습니다."

김건은 조금도 고민하지 않고 대답했다.

그럴 수밖에.

그에게 있어 수호는 구원과도 같은 존재일 텐데 어찌 이런 이유로 거절할 수 있겠는가?

수호가 웃으며 말했다.

"대답 시원해서 좋네요. 그리고 이건 특약사항까진 아닌데 제 개인적인 제안입니다."

"개인적인 제안요?"

"예, 혹시 특별한 이유가 없으시면 이곳에서 지내시는 건 어떠세요?"

"이곳이라면…… 여기 넥서스 아카데미요?"

"네, 훈련 센터도 그렇고 다 여기에 있으니까요. 아, 당연히 동생분과 함께 지내실 거처와 김건 씨가 근무하실 때 동생분을 돌봐주실 간병인도 제공해 드릴 겁니다. 그 부분은 저희 개인팀 복지라고 생각하시면 되구요."

파주에서 지내는 건 특약까지 넣을 사항은 아니었기에 일부러 뺐다.

하지만 수호는 개인적으로 김건 형제가 이곳에서 지냈으면 했다. 그래야 케어도 쉽고 출퇴근도 쉬울 테니까.

'삼종기만 있으면 그 누구보다 뛰어난 플레이어겠지만 그래도 훈련을 아예 안 시킬 순 없는 거니까.'

수호의 제안에 김건이 반사적으로 고개를 끄덕였다.

“무조건 오겠습니다. 이렇게까지 챙겨주시는데 거절할 이유가 없다고 생각합니다. 아니, 오히려 너무 감사드립니다.”

“잘됐네요. 그럼 바로 사인하시죠.”

사인만 하면 마무리되는 계약.

그렇기에 김건의 사인을 끝으로 김건의 입단은 마침내 성사될 수 있었다.

수호가 가입 계약서를 챙긴 후 악수를 권하며 말했다.

“입단 축하드립니다. 앞으로 잘 부탁드리겠습니다.”

그러자 김건이 두 손으로 수호의 손을 잡으며 고개를 숙였다.

“저야말로 앞으로 잘 부탁드리겠습니다, 팀장님. 그리고 이런 기회를 주셔서 다시 한번 더 감사의 말씀을 드립니다.”

“아닙니다. 그럼 이제 장소를 좀 옮겨볼까요? 소개시켜 드릴 분들이 있거든요.”

“네, 알겠습니다. 아, 그리고 이제 말씀 편하게 하세요. 제 직속상사신데.”

“그럴까?”

나이 자체는 김건이 더 많다.

근데 사회에서 그런 게 뭐가 그리 중요할까.

애초에 밴시 팀 자체에 수호보다 어린 사람이 없거늘.

수호는 바깥에서 대기 중이던 김이강에게 계약서를 전

달한 뒤 김건과 함께 밴시 전용 트레이닝 센터로 향했다.

센터에는 팀원 모두가 인피니티를 통해 맹훈련 중이었다.

수호가 내부 상황을 중계 중인 외부 스크린을 가리키며 말했다.

"저기 보이지?"

"넵, 보입니다."

"우리 팀의 일과 자체는 간단해. 하루 중의 절반은 부활 대련을 하고 나머지 절반은 던전을 돌아."

말 그대로였다.

밴시의 멤버들은 수호의 오더가 없으면 하루의 반은 수호의 아바타와 싸웠고 나머지 반은 서기원이 만든 바이러스 던전에서 바이러스 몬스터 사냥을 했다.

김건이 치열하게 싸우는 밴시 멤버들을 보며 입을 살짝 벌렸다.

"근데 저기서 저분들이 싸우고 있는 거⋯⋯ 팀장님 아니세요?"

"응, 내 아바타야. 다들 날 상대로 매일같이 검술 연습을 하고 있지."

"허⋯⋯ 근데 항상 저렇게 일대 다수의 포지션으로 싸우나요?"

"그럴 수밖에 없어. 아무리 아바타라도 내 아바타랑 일대일로 싸우면 금방 죽거든. 저기 있는 아바타는 말 그대로 내 전투 데이터를 기반으로 만들어졌으니까."

"와……."

"뭘 그렇게 놀라? 이제부턴 너도 저기 합류해서 싸워야 하는데."

"……저도요?"

"그럼. 여긴 옵스가 아니야. 차갑디 찬 현실이지. 게다가 다시 헌터 활동하려면 그만한 실력은 필수 아니겠어?"

"그건 그런데……."

"레일건으로 활동하면서 벽 느껴본지 한참 됐지? 간만에 벽을 느끼게 될 거다."

수호는 인피니티를 조작해 김건의 특수성을 그대로 반영해 김건의 아바타를 만들어 주었다.

그런 다음 김건을 인피니티에 집어넣었다.

그런데.

"어라?"

김건이 인피니티에 접속이 되지 않았다.

왜 그런가 했더니 기기에 들어간 게 진짜 김건이 아니라 슈트 모드의 김건인 게 문제였다.

"아이고, 생각해 보니 인피니티는 생체 데이터를 바탕으로 가상현실에 접속하는 건데 넌 아이템 상태라서 안 되는구나."

"그럼 어쩌죠?"

"어쩌긴, 이사하고 진짜 육체 가지고 온 다음에 해야지. 그럼 일단 이사부터 해야겠네."

잠시 생각하던 수호가 이어서 말했다.

"건아, 혹시 그 집에서 버려야 될 물건 있냐? 냄비 같은 살림살이까지 전부 가지고 올 건 아니잖아."

"그렇긴 하죠? 사실 옷이나 이런 것도 별로 없어서……."

"그럼 너만 괜찮으면 사람 써서 바로 이사 진행시켜도 될까? 포장이사 하면 거기 있는 물건 싹 다 가져다 주거든. 어차피 동생도 사람 써서 챙겨야 하는데 그럼 굳이 네가 갈 필요가 있을까 싶어서 말이야. 집주인한테는 전화로 이야기하면 되잖아."

"아, 그렇게 해주시면 저야 감사하죠. 그럼 전 여기서 기다리면 될까요?"

"그럴래? 아님 밥이라도…… 아, 넌 그 상태에선 배도 안 고프겠구나."

말 그대로였다.

지금 김건이 가진 육체는 진짜 육체가 아닌 아이템이었으니까.

'이래서 슈트를 가진 빙의 능력자가 사기라는 거지.'

배만 안 고프겠는가.

아마 피곤하지도 않고 잠도 안 올 거다.

김건이 고개를 끄덕였다.

"확실히 그렇겠네요. 그럼 혹시 팀장님만 허락해 주시면 여기서 기다리면서 다른 분들 대련하시는 걸 좀 보고 있어도 될까요?"

"안 지루하겠어?"

"지루하다뇨. 이것도 다 공부인걸요. 분석이 얼마나 중요한데요."

아.

생각해보니 그렇군.

괜히 복기라는 말이 있을까?

수호가 고개를 끄덕일 때쯤이었다.

위잉-

울리는 전화기.

확인해 보니 문자였는데 손백금이었다.

- 저 지금 출국합니다. 다시 들어오기 전에 연락드리겠습니다.

이야, 행동 빠르네.

문자를 확인한 수호가 한쪽 입꼬리를 올리며 바로 조진휘에게 전화했다.

- 예, 안 프로님.

"기사 준비시켜 둔 거 바로 터뜨리시면 될 것 같습니다."

- 예, 알겠습니다.

수호는 손백금이 출국하자마자 바로 부당인사 건에 대

한 기사를 터뜨렸다.

일부러 킵해 두었다.

그래야 수호가 원하는 대로 스케줄을 조정할 수 있었으니까.

그때, 서기원에게 전화가 왔다.

"어, 기원아."

- 형님, 말씀하신 사람들 서치 작업 완료했습니다.

"그래?"

굿 타이밍.

수호의 입꼬리가 올라간다.

*

수호는 서기원에게 휴대폰으로 자료를 받은 다음, 김이강에게 김건의 이사를 부탁한 후 주차해둔 차로 향했다.

그리고 주차장으로 이동함과 동시에 박규민에게 전화를 걸었다.

- 예, 안 헌터.

"전에 말씀드렸던 부당인사 건에 대한 기사, 좀 전에 터뜨렸습니다. 적당히 타이밍 보고 협회장님 만나러 가세요."

- 지금 터뜨렸다고?

"예."

- 알겠네.

박규민에게 오더도 넣었으니 이제 이쪽 걱정은 끝.

추가로 대응해야 할 게 있다면 끽해야 피성열에 대한 전화 정도가 전부였다.

이후, 수호는 서기원이 보내준 자료를 훑어본 후 어디론가 전화를 걸었다.

- 예, 김승환 검사입니다.

수호가 전화를 받은 사람은 다름 아닌 현직 검사였다.

그의 대답에 수호가 웃으며 말했다.

"안녕하세요? 전 대헌협 소속 안수호 헌터라고 합니다."

- 안수호 헌터요?

"예, 그렇습니다."

- 대헌협 소속 안수호 헌터면…… 제가 아는 그 검신 안수호요?

"예, 그렇습니다. 혹시 시간 괜찮으시면 오늘 저랑 커피 한잔하시겠습니까?"

- 저랑요?

"예, 드릴 말씀이 있거든요. 피성열 전 검사 건에 대해서요."

- …….

피성열 전 검사.

이젠 검사가 아니니 전 검사라고 부른 것.

그래서일까?

김승환은 잠시 침묵하는 듯하더니 이내 고개를 끄덕였다.

- 알겠습니다.

"응해주셔서 감사합니다. 시간이랑 장소는 제가 정해서 문자로 보내드리겠습니다."

통화를 마친 수호는 차에 올라타 시동을 걸었다.

그를 만나기 전까지 여유 부릴 시간은 없었다.

김승환 검사를 만나기 전까지 미리 준비해야 될 것들이 많았으므로.

*

그날 저녁.

수호는 인적이 드문 한적한 곳으로 약속장소를 잡고 그를 기다렸다.

그러자 얼마 지나지 않아 낯선 차량이 나타났고 차에서 김승환 검사가 내렸다.

그를 본 수호가 사람 좋은 미소를 지으며 살갑게 인사했다.

"안녕하세요, 김승환 검사님?"

"……진짜 안수호 헌터님이셨군요."

"하하, 그럼 제가 거짓말이라도 한 줄 아셨어요?"

"솔직히 처음엔 장난전화인 줄 알았습니다. 안수호 헌터님은 저랑 연관이 조금도 없잖아요?"

"그렇긴 하죠. 하지만 이젠 생겼잖아요? 피성열이라는 사람 덕분에."

잠시 침묵하는 김승환.

그러다 이내 입을 열었다.

"어떻게 아신 겁니까?"

"어떤 거요?"

"저랑 피성열에 대한 거요."

"알려면 알 수 있죠. 세상에 완벽한 비밀이 어디 있겠습니까. 게다가 피성열 전 검사…… 아니, 피성열이란 사람 자체를 원망하고 분노하고 있는 사람이 어디 한둘이겠어요?"

수호의 말에 김승환이 잠시 미간을 좁히더니 고개를 기울였다.

"좀 전의 그 말씀은…… 어째 헌터님도 피성열한테 맺힌 게 좀 있으신 것처럼 들립니다?"

"저도 당연히 있죠. 그러니 이렇게 검사님을 따로 뵙자고 한 거 아니겠어요?"

"그럼 지금 언론에서 떠들고 있는 것들도 다 헌터님이 기획하신 겁니까?"

"어떤 거요? 대헌협 내부에 로열이 존재하고 그로 인한 부당인사가 존재한다는 거?"

"헌터님이 맞군요?"

"예, 저 맞습니다. 그게 아니면 누가 저를 음해할 수 있겠어요?"

수호는 재지 않고 시원시원하게 밝혔다.

그래서일까?

오히려 당황한 건 김승환 쪽이었다.

"아무리 저희 둘 다 피성열을 싫어한다고 해도 초면에 너무 많은걸 오픈하시는 거 아닙니까?"

"에이, 겨우 이 정도에 살 떨려 하시는 분이면 애초에 볼 생각도 없었습니다. 그러지 마시고 일단 커피부터 한잔하시죠. 원래 오늘, 저희 커피 먹으려고 보기로 한 거잖아요?"

수호는 미리 테이크아웃 해온 커피 중 한 잔을 김승환에게 내밀었다.

그런데 수호가 내민 커피 맛을 본 김승환이 이내 헛웃음을 터뜨렸다.

그러나 입꼬리만 올라가고 그의 눈매는 조금 매섭게 변했다.

"카페모카네요."

"네, 카페모카죠."

"보통은 아이스 아메리카노를 테이크아웃 해오지 않나요? 바리에이션을 바꿔 봤자 따뜻한 라떼 정도일 거고."

"보통은 그렇죠. 하지만 검사님은 아이스 카페모카 좋아하시잖아요. 그것도 휘핑 뺀 걸로다가."

수호가 자신의 몫으로 포장해온 커피를 한 모금 마시며 웃어 보였다.

그러나 김승환은 같이 웃긴커녕 아까보다 더 싸늘해진 표정으로 말했다.

"우리 안 헌터님 아주 안 좋은 습관을 가지고 계시네. 대한민국 검사 앞에서 힘 자랑 하는 거 별로 안 좋은 습관이에요."

"검사님 앞에서 힘자랑한 적 없습니다."

"네?"

"힘자랑한 적 없다고요. 그저 제 정보력을 보여드린 거지. 제가 일반인 검사를 상대로 힘자랑해서 뭐 하게요?"

"참 나……."

수호가 아무렇지 않게 되받아치자 김승환은 다시 한번 웃음을 터뜨렸다.

이번엔 눈까지 웃었다.

정말 어처구니가 없어서 웃은 것이다.

수호의 말이 이어졌다.

"알 거 다 알고 오셨는데 괜히 힘 빼지 말고 선수들답게 스피드하게 갔으면 합니다. 어차피 전 각성자라 저에 대한 수사권도 없으시잖아요."

말 그대로였다.

각성자에 대한 수사권과 기소권은 둘 다 대헌협에 있었다.

그것도 대헌협 특수부에만.

그래서 피성열이 특수부를 선택한 것이다.

사람을 잡아넣을 수 있다는 행위가 얼마나 큰 권력을 가지는지 아니까.

김승환이 말했다.

"저에 대한 뒷조사를 하시면서 제 성격에 대해선 조사 안 하셨나 보네요?"

"알죠. 그 누구보다 정의롭고 공명정대한 분이신 거. 덧붙여 청렴결백하기도 하고. 하지만 너무 올곧아서 부러진 분이시잖아요?"

"예, 저 올곧아서 부러진 사람입니다. 그런 제가 오늘 있었던 일을 피성열에게 말할 거란 생각은 안 해보셨나 봐요?"

"퍽이나 말씀하시겠습니다."

"뭐라고요?"

"내부정치도 신경 안 쓸 만큼 자기 일만 하시던 분이란 거 잘 압니다. 하지만 그래서 피성열에게 작업 당하신 거잖아요. 피성열 라인이 부탁한 사건을 끝끝내 강행하시다가."

"……하고 싶은 말이 뭡니까?"

"올곧아서 부러졌으니 이젠 휠 줄도 아셔야 한다는 걸 말씀드리는 겁니다. 실제로 부러지고 나서 경기도로 좌천 당하고 옛날만큼 업무에 힘을 쏟지도 않으시잖아요."

"……."

말 그대로였다.

그 누구보다 정의롭게 살겠다던 그였다.

하지만 피성열에게 심지가 부러지고 난 후 그는 극심한 번아웃 상태가 왔고 그 뒤엔 꺾인 마음 그대로 매너리즘이 왔다.

침묵하는 그에게 수호가 말했다.

"제 인터뷰 보신 적 있으십니까?"

"……어떤 인터뷰요?"

"제가 대헌협에 들어가고자 한 이유요."

"그건…… 예, 봤습니다. 게이트 종식을 위해서 대헌협에 들어가신 거라죠?"

"그거 진심입니다. 전 진짜 게이트 종식을 바래서 국가기관인 대헌협에 들어간 거거든요."

수호의 말에 김승환이 고개를 갸웃거렸다.

"게이트 종식이랑 국가기관이 무슨 상관입니까? 게이트 종식을 바라는 거면 차라리 초대형 길드에 들어가는 게 낫지 않나요?"

"다르죠. 국가기관은 공익을 위해서 존재하는 거고 길드는 사익을 위해 존재하니까요. 길드는 인류의 안보보단 길드 자체의 이익을 더 중요시합니다. 그래서 대헌협에 들어간 겁니다. 대헌협에 있으면 그 누구보다 빨리, 그리고 국

내에 존재하는 어떠한 게이트라도 출입할 수 있는 자격이 생기니까요."

"……하고 싶은 말이 뭡니까?"

"제가 인터뷰 때 했던 말이 진심이라는 걸 말씀드리고 싶은 겁니다. 그리고 게이트 종식은 단순히 저 혼자서만 잘한다고 종식시킬 수 있는 게 아닙니다. 뛰어난 병사 덕에 전투에서 승리할 순 있지만 고작 그 병사 하나 때문에 전쟁을 이기진 않거든요."

"그래서요?"

"나라에 나쁜 놈들이 많습니다. 다 같이 힘을 모아 재앙을 이겨내도 모자랄 판에 평화를 지연시키고 분탕질하는 놈들이 너무 많이 보이더라고요. 그래서 정화작업을 좀 할까 합니다."

"피성열도 그 대상 중 하나입니까?"

"현재의 대헌협을 제대로 된 기관으로 만들기 위해선 반드시 제거되어야 하는 암덩어리 중 하나죠. 물론 남들이 보기엔 일 잘하는 사람처럼 보일지도 모르겠습니다만, 그 사람은 자신의 권력을 위해 협회를 수단처럼 사용하는 사람이라서요. 그건 검사님도 당해보셔서 잘 아시지 않습니까?"

김승환은 잠시 침묵하더니 재차 질문했다.

"그러는 헌터님은 어떤 일을 당하셨습니까?"

"가족을 잃었습니다."

"가족요?"

"네, 저 게이트 고아 출신이거든요. 근데 전 여지껏 게이트 쇼크가 막을 수 없는 재앙인 줄 알았는데 우연찮은 기회에 제가 겪은 사고가 인재(人災)란 걸 알게 됐습니다."

"……설마?"

"예. 제가 겪은 게이트 쇼크, 충분히 예상하고 막을 수 있었던 사고였더라고요. 근데 안 막았습니다. 그 지역에 얽힌 부동산 이권 때문에요. 아시죠? 한번 게이트가 생긴 곳은 또 다시 게이트가 생기지 않는다. 그래서 요즘 부동산에는 세이브 지역 프리미엄이란 게 존재하는 거고요."

수호의 설명에 김승환은 모든 걸 단번에 이해하고 말았다.

그러더니 한참의 침묵 후에 대답했다.

"그럼 이건 개인적인 복수인 겁니까?"

"설마요. 개인적인 복수였다면 제가 뭣하러 이렇게 번거롭게 일을 벌리겠습니까? 그냥 잡혀갈 각오하고 그 사건과 관련된 인간들을 전부 죽였지. 제 별명 아시잖아요?"

검신 안수호.

그 누구도 해내지 못한 봉인 게이트 여러 개를 홀로 단독 공략한 아주 이례적인 기록을 가진 남자.

그렇기에 수호가 가진 무력 레벨은 의심할 여지가 없었다.

수호의 말이 이어졌다.

"전 정말로 게이트 종식을 원하는 사람입니다. 그리고

게이트 종식을 이뤄내려면 재앙급 게이트 다섯을 공략해야 하는데 전 솔직히 말해서 속내도 알 수 없고 통제도 할 수 없는 해외 헌터들은 못 믿겠습니다. 그러니 할 수 있다면 국내서 검증된 헌터들과 함께 공략했으면 합니다."

"그래서 아까 말씀하신 '정화작업'이란 걸 하려고 하시는 겁니까?"

"윗물이 맑아야 아랫물도 맑다고 그게 순서라고 생각하니까요. 그리고 그건 김승환 검사님도 그렇게 생각하시잖아요?"

수호의 물음에 김승환은 반박하지 못 했다.

그 역시 윗사람이 먼저 모범을 보여야 아랫사람들도 똑같이 본받는다고 생각하는 사람 중에 하나였으니까.

"물론 사람들 마음이 다 안 똑같다는 건 압니다. 권력이란 칼은 누가 어떻게 쓰냐에 따라 쓰임새가 바뀌니까요. 그래서 그 칼을 제가 쥐려 합니다. 그럼 적어도 제가 위에 있는 동안만큼은 사람들이 제 눈치를 봐서라도 나쁜 마음을 안 먹을 테니까요."

"……너무 이상을 꿈꾸시는 거 아닙니까?"

"꿈은 꾸라고 있는 거지 깨라고 있는 건 아니니까요."

"그럼 왜 하필이면 접니까? 제가 나중에 권력 맛을 보고 변절하면 어쩌려구요?"

수호의 이야기를 듣다 보니 이게 제일 궁금했다.

전국에 검사가 얼마나 많은데 왜 하필이면 자신일까 하고.
단순히 피성열 때문에?
말도 안 된다고 생각한다.
그리고 이 부분에 대해선 수호도 동감했다.
수호가 아무리 미래에서 온 회귀자라도 사람 마음이란 건 언제 어떻게 변할지 모르는 거니까.
수호가 웃으면서 말했다.
"그쵸. 뭐든 영원한 건 없죠. 그러니 일단 한번 믿어보는 거죠. 제가 알아본 사람들 중에선 검사님이 피성열과 가장 대척점에 있는 사람이니까요. 그리고……."
수호가 커피를 다시 한 모금 마시며 웃었다.
"제가 안 무서우시려면 알아서 청렴하게 사시지 않겠습니까?"
수호는 웃었다.
그러나 웃으면서 던진 말치곤 굉장히 날카롭고 서늘했다.
김승환이 눈살을 찌푸렸다.
"그럼 저더러 헌터님 눈치 보며 살라는 겁니까?"
"누구나 눈치를 보며 삽니다. 눈치 안 보고 사는 사람이 어디 있겠습니까. 하지만 우리 같은 경우엔 이렇게 따로 만나 결탁하는 것 자체만으로도 서로에겐 큰 약점이 될 텐데 그럼 서로 정직하게 살면 되는 것 아니겠습니까? 왜 우리나라가 삼권 분립이 되어 있는데요."

"참 나……."

말은 참 청산유수다.

하지만 반박은 못 하겠다.

그게 김승환이 수호에게 느낀 감정이었다.

수호가 말했다.

"어쨌든 누군가는 권력을 잡습니다. 그렇다고 제가 대통령이 되겠다는 건 아닙니다. 제가 되고자 하는 건 잘못된 지도자와 엇나가는 헌터들을 견제할 수 있는 칼입니다. 그리고 그건 검사님도 마찬가지입니다. 검사님한테 대통령이 되라고 한 적은 없습니다. 그저 검찰이 검찰다울 수 있게 기능을 해달라는 것뿐입니다."

김승환은 입을 다물었다.

그리고 한참의 생각 끝에 물었다.

"그럼 안 헌터님의 목표는 대헌협 회장이 되는 것입니까?"

"제 목표는 게이트 종식입니다. 협회장 자리 같은 것에는 관심 없습니다."

"하지만 헌터들을 견제할 수 있는 존재가 되겠다면서요?"

"그 자리가 꼭 협회장이어야만 하나요? 그냥 협회 자체가 일을 잘하면 알아서 시스템적인 통제가 됩니다. 전 대헌협을 그렇게 만드는 게 목표입니다."

"……알겠습니다. 무슨 말씀을 하고 싶고 저한테 무얼 제안하고 싶으신 건지도 잘 알겠습니다."

"정말 이해하셨습니까?"

"예, 버티다가 부러졌으니 이젠 휠 줄도 알고 점잖 떨지 말고 괴물을 잡으려면 괴물이 되라는 말씀 아닙니까."

"비슷하네요. 그저 직업 정신에 투철하자는 겁니다. 검사는 검사가 해야 하는 일을 하고 헌터는 헌터가 해야 하는 일을 하자는 것뿐입니다."

"알겠습니다."

"그럼 뜻도 통했으니 건배나 할까요? 축하주는 이걸로 하죠."

수호가 테이크아웃잔을 들어 보이자 김승환도 피식 웃으며 커피잔을 들었다.

이윽고 각자 한 모금씩 커피를 마신 순간이었다.

위이잉-

수호의 전화기가 울린다. 발신자를 확인한 수호가 피식 웃으며 말했다.

"밤귀는 또 어찌나 밝은지, 이 사람도 양반은 못 되겠네요."

"피성열입니까?"

"예."

수호가 휴대폰을 흔들며 발신자를 보여주었다. 그런 다음 김승환이 보는 앞에서 전화를 받았다.

"예, 선배님."

- 지금 어디야?

전화를 건 피성열의 목소리.

잔뜩 날이 서있다.

조진휘가 뿌린 기사를 접해서 그런 걸 테지.

수호가 대답했다.

"집에서 휴식 중이었습니다."

- 손백금은?

"그게…… 잡으려고 갔더니 이미 한국을 떠난 상태였습니다."

- 한국을 떴다고?

"알아보니 잠시 휴가차 나갔다고 들었습니다. 며칠 뒤면 귀국한다고 해서 귀국 때 맞춰서 공항에 나가 있으려고 했습니다. 강제로 불러들이기엔 제가 아직 이렇다 할 권한이나 자격이 없어서 그러질 못 했습니다. 죄송합니다."

- …….

수호의 보고에 피성열이 잠시 말이 없다.

고민하고 있는 것이다.

평소 부하들에게 하듯 다그칠지, 아니면 참고 넘어갈 것인지.

얼마간의 침묵 끝에 피성열이 물었다.

- 뉴스 체크는 했나?

"예, 봤습니다."

- 어떻게 생각해?

"전 그저 선배님이 일러주시는 대로 따를 생각입니다."

- 내가 일러주는 대로라…….

아마 고민이 많을 것이다.

기사가 나가고 몇 시간 정도 지났다.

겨우 몇 시간이라고 할 수도 있지만 다른 사람도 아니고 검신 안수호에 대한 이슈이니 만큼 여론은 충분히 달구어졌다.

아마 평소의 피성열이라면 가볍게 무시하고 넘어갔을 테지만 흥분을 억누르고 있는 피성열의 목소리를 들어 보니 이미 협회장 장경환에게 한소리를 들은 모양.

'그게 아니면 지금 이런 반응은 말이 안 되지.'

피성열이 말했다.

- 알겠다. 기한 넘기지 말고 귀국하자마자 장부 들고 나한테 와. 뉴스는 신경 쓰지 말고.

"예, 알겠습니다."

역시 피성열.

걱정하지 말라는 말은 안 한다.

책임질 수 없는 말은 하지 않겠다는 거지.

수호가 통화를 종료하자 잠자코 듣고 있던 김승환이 물었다.

"기사 때문에 전화한 건가요?"

"그렇죠."

"뭐라던가요?"

"뉴스 신경 쓰지 말고 시킨 일이나 잘하라더군요. 걱정하지 말란 말은 안 하는걸 보니 고민 중인 모양입니다."

"참 신기하네요."

"뭐가요?"

"협회 입사하신지 얼마 안 됐지 않으셨나요? 근데 어떻게 피성열에 대해 그렇게 잘 아세요? 어째 저보다 더 잘 아시는 것 같습니다."

"제가 피성열을 많이 미워하나 봅니다. 누군가를 좋아할 때보다 미워할 때 더 많은 관심을 쏟는다잖아요? 지피지기면 백전백승이라고 공부 많이 했습니다. 전 그 사람이 두 번 다시 재기하지 못 했으면 하거든요."

"뭐, 죽이기라도 할 겁니까?"

"설마요. 그럴 거였으면 검사님 찾아오지도 않았죠."

"그럼요?"

"각성자는 각성자답게 처분해야죠."

"청옥?"

"예, 때로는 죽는 것보다 살아 있는 게 더 고통스러운 법이니까요."

"무섭네요. 헌터님이랑은 절대로 척지면 안 되겠어요."

"누구든 적을 만들면 안 좋죠. 그런 의미에서 이걸 검사님께 드리겠습니다."

"어떻게요?"

"이거 받으세요."

수호는 손백금에게 받은 뇌물장부 중 검찰청 인물들만 추린 복사본을 넘겼다.

"……이게 뭐죠?"

"강남에 백금파 아시죠?"

"손백금이 대가리로 있는 그 백금파요?"

"예, 그 친구가 원래 각성자 출신 약제사 끼고 약장사를 했잖아요? 김궁원이라고. 이번에 그 친구 잡혀 들어가고 납작 엎드려 지내는 중입니다. 아, 참고로 김궁원도 제가 잡았어요."

"……근데요?"

"제가 지금 특채로 뽑혀서 연수 과정을 지내고 있는데 마지막으로 특수부에서 연수받고 있습니다. 필기시험은 끝났고 이제 현장평가 하나 남았는데 피성열이 그러더라고요, 특수과랑 수사과 합쳐서 평가 한 번에 보자고. 그 평가 대용으로 손백금이 갖고 있는 뇌물장부를 가져오랍니다."

"그게 무슨……."

수호의 설명에 김승환이 도무지 믿지 못하겠다는 표정을 지었다.

그럴 수밖에.

아무리 검신 안수호라지만 아직 시보 기간 중인 사람에게 강남에서 가장 큰 깡패한테서 뇌물장부를 가져오게 하다니?

'신입 검사한테도 안 시키는 걸 그게 무슨…… 헌터들은 원래 이런 건가?'

그때, 김승환의 표정을 읽은 수호가 말했다.

"제가 특이 케이스인 겁니다. 피성열 성격상 능력 평가도 할 겸 제 손에 오물도 묻히려고 시킨 거죠. 아무튼 피성열이 손백금의 뇌물장부를 가져 오라고 한 건 뇌물장부 안에 있는 사람들의 목줄을 쥐기 위해서예요."

김승환이 뇌물장부를 훑어보더니 미간을 좁혔다.

"……전부 경찰에 판검사네요?"

"예, 그래서 드리는 겁니다. 검사님이 검경 쪽 좀 맡아서 처리해 달라고요."

"다른 쪽도 있습니까?"

"대헌협이 남았죠. 근데 여긴 제가 처리할 겁니다."

"대헌협 사람들이 전부 각성자는 아니지 않나요? 그럼 제 도움이 필요하실 텐데?"

그 말에 수호가 웃었다.

"맞습니다. 그러니 대헌협 쪽은 때가 오면 제가 도움을 요청드리겠습니다. 아, 그렇다고 당장 거기 있는 사람들을 잡아달란 건 아닙니다."

"그럼요?"

"피성열이 뇌물장부를 갖고 오라고 한 건 이번 장부를 통해 검경에도 자기 사람을 심기 위함인데…… 이번 건은 결정적일 때 한꺼번에 터뜨리는 게 좋지 않겠어요? 이게 터지면 손백금도 잡혀 들어갈 텐데 그럼 사실상 이건 1회용짜리 폭탄이잖아요."

김승환이 고개를 끄덕이며 말했다.

"근데 아시죠? 이런 걸 제가 갖고 있어도 저 혼자선 아무것도 못 한다는 거. 애초에 여기 적혀 있는 사람들 전부 강남 경찰서에 서울지검 사람들인데 저 지금 경기도에 있어요?"

"그러니 다시 힘을 키워서 서울로 가셔야죠."

"서울로 가라고요?"

"그럼 경기도에서 계속 남아 있으시려고요? 호랑이를 잡으려면 호랑이 굴로 가셔야죠. 제가 서울로 갈 수 있게 키워드릴게요."

"어떻게요?"

"실적에 도움이 될 만한 큰 사건 몇 개 처리하시면 바로 서울로 가실 수 있으실 겁니다. 아, 수사 자료는 걱정 마세요. 길드 대표라든지, 기업 대표라든지, 하다못해 같은 경기지검에 있는 검사들 중에서도 더러운 놈 있으면 제가 얼마든지 자료 구해다 드릴게요."

"……."

수호의 말에 김승환은 마른침을 꿀꺽 삼켰다.

지금 자기가 들은 게 맞나 싶어서였다.

김승환이 물었다.

"……그런 게 가능합니까? 아무리 유능한 흥신소 직원도 그런 건 불가능할 것 같은데요?"

"전 가능합니다. 전 흥신소 직원 따위가 아니니까요. 그러니 서로 떳떳하게 자기 할 일만 열심히 합시다. 그게 서로에게 제일 베스트 아니겠습니까."

"……외로운 싸움이 되겠군요."

"동료 등에 칼 꽂는 것 때문에 그러세요?"

"자기 식구 사냥해 먹으면 어느 조직이든 눈칫밥 먹습니다."

"그런 거 신경 안 쓰시는 분이잖아요? 그리고 왜 외로워요? 조직이 정화가 되면 검찰에는 검사님 같은 분만 남게 될 텐데."

"참 꿈 같은 이야기만 하십니다. 하지만 그래서 좋네요. 헌터님 말씀대로 꿈은 깨라고 있는 게 아니라 꾸라고 있는 거니까요. 그런 의미에서 질문 하나만 해도 되겠습니까?"

"편하게 물어보세요."

"게이트가 종식되고 나면 그땐 어쩌실 생각이십니까?"

"그땐 깔끔하게 은퇴해야죠. 전 게이트 종식이 최종 목표인 사람이니.”

“안 아쉬우시겠어요?”

“아쉽고 자시고 할 게 뭐가 있어요. 제 꿈이 파이어족입니다. 마흔 되기 전에 은퇴하고 싶어요. 저도 일하는 거 별로 안 좋아합니다.”

그 말에 김승환이 피식 웃었다.

“저랑 생각이 비슷하시네요. 알겠습니다.”

“그럼 자료 필요한 사람들 명단 보내주세요. 지금 수사 중인 사건도 괜찮습니다. 물론 내부 서류가 외부로 유출되는 건 불법이지만…… 설마 이런 것까지 뭐라고 하실 건 아니잖아요?”

“예, 이제 바뀌기로 했는데 벌써 삐걱거리면 쓰겠습니까.”

“다행이네요. 그럼 연락드린 번호로 자료 보내주세요. 그럼 저도 한번 검토해 보고 일 진행할 테니. 자세한 건 그때 가서 또 이야기하시죠. 그럼 먼저 가 보겠습니다.”

대화를 마친 수호는 손을 흔들어 보인 뒤 먼저 차에 몸을 실었다.

수호의 차가 출발한다.

이윽고 홀로 남은 김승환은 멀어지는 수호의 차를 보더니 이내 품에서 담배 하나를 꺼내 입에 물었다.

“참 나…….”

살면서 별일을 다 겪어 보네.

근데 그 별일.

별로 나쁘다는 생각은 들지 않았다.

아무것도 안 하고 좌절하고 있는 것보단 이렇게라도 하는 것이 자신이 추구하고 꿈꾸던 검사의 삶을 이어나갈 수 있다고 생각하기에.

그렇기에 김승환은 다짐했다.

'구속되고 싶지 않으면 정말 깔끔하게 살아야 할 거다.'

다른 사람도 다른 사람이었지만 그 누구보다도 수호를 가장 냉정하게 지켜보기로.

그게 자기가 해야 될 역할이라고 생각했으니까.

"피 부장."

"예, 협회장님."

"안 헌터, 평가 끝나려면 얼마나 남았나?"

"일주일 안에 끝날 것 같습니다."

"점수는?"

"최초이자 최연소 만점자로 예상됩니다."

"흠."

장경환은 고민했다.

어느 날 갑자기 불거진 로열 논란.

갑자기 이게 왜 터진 건진 모르겠지만 장경환도 피성열도 억울하긴 매한가지였다.

어느 집단이든 성적 좋은 놈들한테 특권과 우선권을 주는 건 당연한 이치다.

노력의 대가였으니까.

그런 의미에서 수호는 대헌협 최초이자 최연소 만점자.

당연히 협회 내에서 가장 좋은 부서인 특수부로 갈 자격이 있었다.

그런데 로열이니 부당인사니 하는 논란이 생기는 바람에 골치가 아픈 것.

'미치겠네.'

부장급 인사가 아니면 평소 자잘한 인사권을 신경 쓰지 않는 게 장경환이다.

그런데 갑자기 언론에서 미친 듯이 떠들어대니 신경을 안 쓰려야 안 쓸 수가 없었다.

이런 식으로 잡음이 나오면 향후 자신의 행보에 걸림돌이 될 테니까.

그때 박규민이 나섰다.

"일단 비는 피하셔야 하지 않겠습니까. 여론이 잠잠해질 때까지만 다른 부서로 보냈다가 조용해지면 다시 특수부로 보내시죠."

"그럼 어디로 보내지?"

"이 타이밍에 경영부나 각성부로 보내자는 말은 안 하겠습니다. 차라리 게이트부로 보내시죠. 거기 정철민 팀장이 안수호 헌터랑 좀 친하다고 합니다."

"자네……."

수호의 예상대로였다.

장경환이 아무리 사내정치에 관심이 없어도 피성열 라인과 박규민 라인 하나 모를까.

그런 와중에 자신의 라인이 아닌 피성열 라인인 게이트부로 보내자고 먼저 말하니 장경환은 새삼 박규민을 다시 볼 수밖에 없었다.

"피 부장."

"예, 협회장님."

"요즘 여론 시끄러운 거 알지?"

"예, 협회장님."

"피 부장 억울한 건 나도 이해해. 로열이니 뭐니를 떠나서 성적 좋은 놈을 제일 좋은 부서에서 데려가겠다는데도 생트집을 잡는 거잖아."

"예, 뭐. 부정은 하지 않겠습니다."

"그치…… 근데 말이야, 피 부장도 알겠지만 언제 사람들이 옳고 그름을 신경 쓰던가? 당장 눈앞에 펼쳐진 불씨 보고 달려드는 거지. 그래서 말인데, 좀 답답한 면이 있겠지만 특수부 발령은 잠시 좀 미뤄두는 게 어때? 나중에 여론 잠잠해지면 순환근무 핑계대고 다시 데려가면 되잖아."

이런.

우려했던 일이 벌어졌다.

하지만 여기서 자신이 거절할 권한이 있을까?

상대는 협회장이다.

그저 고개 숙일 수밖에.

"……그럼 어디로 보내실 생각이십니까?"

"그래도 피 부장이 데려가려고 했는데 게이트부나 자원부로 보내지. 게이트부 어때? 거기 정철민 팀장이 안 헌터를 참 아끼잖아."

그나마 다행이다.

혹여나 이런 타이밍에 박규민이 치고 들어오지 않을까 싶었는데.

피성열이 고개를 끄덕였다.

"알겠습니다. 거기서 부팀장 생활 시작하면 될 것 같습니다."

"그래, 처음부터 특수부에서 케어 못 하는 건 좀 아쉽지만 그래도 이게 어디야. 피 부장이 조금만 참아줘."

"예, 알겠습니다."

"그럼 그렇게 하는 걸로 하고 적당히 기사 내보내겠네."

피성열은 조용히 고개 숙인 후 협회장실을 나섰다.

입안이 쓰다.

평소였다면 개돼지 같은 국민들 여론 따윈 조금도 신경 쓰지 않았을 것이다.

하지만 협회장이 신경 쓰는 일이 됐다 보니 자신의 의견을 얹을 수가 없었다.

그래도 다행인 건 박규민 쪽이 아닌 게이트부로 발령을 낸 것.

'쯧, 좋게 생각해야겠지.'

피성열이 전화기를 들어 누군가에게 전화한다.

전화의 수신자는 정철민이었다.

"잘됐네요."

"그러게나 말입니다. 정말 안 헌터 말대로 됐네요."

피성열과 통화를 나눈 정철민은 즉시 수호에게 전화를 했다.

모든 게 수호의 말대로였다.

수호는 게이트부 관리과 소속이 되었고 심지어 자신의 부사수가 되었다.

우연 같은 게 아니었다.

피성열이 직접 전화해서 안수호 좀 데리고 있으라고 했으니까.

수호가 웃으며 말했다.

"이 정도면 이제 제가 하는 말들은 전부 믿어주시는 겁니까?"

"뭐, 언제는 안 믿었나요. 그런 의미에서 게이트부로 온 걸 환영합니다. 정말로 같이 일하게 돼서 기쁘네요."

"저도 참 기쁩니다. 그럼 이제 말씀 편하게 하시나요?"

"어…… 그럴까?"

"하하, 훨씬 낫네요."

"말 놓으라고 하면 나야 좋지, 뭐. 근데 넌 피 부장한테 연락 온 거 없어?"

"예, 딱히 없는 거 보니 복귀날에 말해 주려나 봅니다. 이런 건 빨리 말할 필요가 없으니까요."

"하긴. 그게 뭐 좋은 소식이라고. 그나저나 넌 지금 어디서 뭘 하고 있는데?"

"손백금 기다리고 있습니다. 피 부장이 손백금 좀 만져주고 뇌물장부 있으면 가져오라고 해서요."

"손백금이면 그 강남깡패 손백금?"

"예."

"허이고…… 아무리 네가 5급 특채라지만 그래도 아직 시보 딱지도 못 뗀 애한테 손백금을 만져주고 오라고 하다니……."

눈치 빠른 정철민은 그 의도가 얼추 보였다.

하지만 알아도 모든 걸 입 밖으로 내뱉는 건 별로 안 좋은 버릇.

정철민이 안타까움에 혀를 찼으나 수호는 괜찮다는 듯 말했다.

"할 만하니까 시킨 거겠죠, 뭐. 그런 의미에서 일주일 뒤면 팀장님 계신 곳으로 출근하게 될 텐데 거기 가게 되면 전 뭘 하게 될까요?"

"아직 연수 평가 중인 놈이 벌써 우리 업무가 궁금해?"

"궁금하죠. 먼 미래 일도 아닌데."

"글쎄……."

말을 잇던 정철민이 눈살을 좁혔다.

평소대로라면 할당지역들을 돌면서 게이트 체크나 할 것이다.

하지만 다른 사람도 아니고 안수호다.

정철민이 은근한 어조로 물었다.

"솔직하게 말해 봐. 순수하게 궁금해서 물어보는 거야, 아님 또 다른 꿍꿍이가 있는 거야?"

"에이, 누가 보면 제가 맨날 다른 생각만 하고 사는 사람인 줄 알겠습니다."

"아닌 척할래? 나한테만 솔직하게 말해 봐. 그럼 네 의견 최대한 반영해 줄 테니까."

정철민의 물음에 수호가 웃었다.

역시 철민이 형.

아닌 척하면서도 그 누구보다 잘 맞춰 준다.

그의 물음에 수호는 그제서야 마지 못하는 척 의견을 냈다.

"그럼 게이트부에서 손도 못 대고 있는 업무들을 제가 좀 봐도 되겠습니까?"

"손도 못 대고 있는 업무들?"

"봉인 게이트 공략 같은 거요."

"야, 너……!"

확실히 봉인 게이트도 게이트이다 보니 게이트부 업무가 맞긴 했다.

특히 게이트 공략도 관리과 업무 중 하나인데 관리과 소속 공무원 헌터들은 위험 레벨이 그리 높지 않은 게이트들을 공략하러 다녔다.

'거긴 게이트를 공략할 때마다 성과급이 나오니까.'

물론 거기엔 봉인 게이트도 포함된다.

다만 어려워서 공략하지 못할 뿐.

정철민이 한숨을 쉬며 말했다.

"넌 왜 자꾸 어려운 길로만 가려고 하냐."

"그렇긴 한데 봉인 게이트 공략도 어차피 누군가는 해야 하는 일이잖아요."

"그렇게 말하면 할 말이 없긴 한데……."

그걸 꼭 네가 할 필요는 없잖아.

그렇게 말하고 싶었다.

하지만 그렇게 말할 수가 없었다.

수호가 추구하는 목표가 뭔지 잘 알기에.

그리고 헌터가 왜 존재하며 공무원 헌터가 왜 만들어졌는지 알기에.

잠시 고민하던 정철민이 다시금 한숨을 푹 내쉬며 말했다.

"알겠다. 준비해 볼게."

"정말요?"

"애초에 그걸 노리고 이리로 온 거 아냐? 내가 막아도 어떻게든 방법을 찾았을 거잖아."

"하하……."

대답 대신 웃음으로 때웠다.

사실이긴 했으니까.

그래도 미안하진 않았다.

자신이 봉인 게이트를 돌아야 정철민을 빨리 승진시킬 수 있었으니까.

수호가 말했다.

"그래도 좋게 생각하시죠. 팀장님이 판 짜시면 전 그냥 들어가서 공략만 하겠습니다. 그럼 저희 둘 다 팍팍 승진할 수 있어요."

"아니, 그건 네가 게이트를 공략했을 때의 이야기지. 봉인 게이트가 괜히 봉인 게이트인 줄 아냐? 애초에 이런 류의 게이트는 너 혼자 투입시키지도 못 해. 필요하면 외부에서 협업 요청을 해야 할지도 모른다고."

"그 부분도 혹시 몰라 미리 준비해 뒀죠. 그리고 처음부터 어려운 곳보다는 차츰차츰 난이도를 높여 가야 위에 분들도 단독 공략을 허가해 주시지 않겠어요?"

수호가 웃으며 말하자 정철민이 질린다는 듯 대답했다.

"넌 대체 어디까지 그림을 그려놓은 거냐?"

"제 꿈이 화가입니다."

"그냥 말을 말자. 아무튼 일주일 뒤에 보자고. 그때 환영식을 하든 뭘 하든 하자."

"넵, 알겠습니다. 그럼 일주일 뒤에 뵙겠습니다."

"그래, 수고하고 뭐 필요한 거 있음 연락해라."

"예, 감사합니다."

통화를 마친 후였다.

'잘 굴러가고 있군.'

이렇게 될 거란 걸 예상하고 있었지만 그래도 막상 계획이 실현되기 전까진 약간이나마 긴장되는 것이 사실.

변수란 언제 어디서 튀어나올지 모르는 거니까.

수호는 바로 휴대폰을 들어 서기원에게 전화했다.

- 예, 형님.

"그래, 기원아. 어디냐?"

- 저 이제 슬슬 파주로 나가 보려고 합니다.

"훈련 때문에?"

- 그쵸?

"너 저번에 김궁원 은닉재산 털어본다더니 그거 어떻게 됐냐?"

- ……네?

이 자식 봐라?

수호가 피식 웃으며 말했다.

"내놔. 지금 그거 써먹으러 가야 하니까."

- 아하하하…… 안 그래도 형님한테 말씀드리려고 했습니다.

"누가 뭐래? 숨겨 놓은 재산이 얼마나 되더냐?"

- 일단 제가 찾은 건 32억입니다.

"그것밖에 안 돼?"

- 이것 밖에 안 된다뇨? 이거 은닉자금입니다, 형님. 순수 현금으로 32억이면 엄청난 거예요.

그런가?

전생에는 수백억이 우스웠기에 32억은 상대적으로 적어 보였다.

수호가 고개를 끄덕였다.

"그래서, 그것들 지금 다 어디에 있는데?"

- 제 가상화폐 지갑에 있습니다.

"김궁원 지갑에서 다 뺀 거야?"

- 예, 그렇습니다.

"그거 내가 바로 써먹으려면 어떻게 해야 되냐?"

- 출금용 실물 카드가 있는데 그거 준비해서 드릴까요?

출금용 카드.

요즘엔 세상이 좋아져서 옛날과는 달리 체크카드처럼 가상화폐를 바로 환전해 쓸 수 있는 카드들이 존재했다.

수호가 고갤 끄덕였다.

"준비하는데 얼마나 걸리는데?"

- 혹시 집으로 바로 오세요?

"어."

- 그럼 오시기 전까지 준비해 놓겠습니다.

"오냐, 그럼 집에서 보자."

- 예, 형님. 저 근데요, 형님!

"왜?"

- 저 진짜 형님한테 말씀드리려고 했습니다. 절대 나쁜 마음 안 먹었어요. 이것들 다 얼마 전에 확보한 거거든요.

"누가 뭐래?"

- 아니 그냥 상황이 상황이다 보니 오해하실 것 같아서. 하하…….

"네가 떳떳하면 돼. 근데 날 속이려고만 하지 마. 내가 무슨 능력자인지 알지?"

- 넵, 당연히 알죠. 항상 명심하고 있습니다.

"그래, 잘하자."

- 넵, 이따 뵙겠습니다.

끝으로 통화를 마친 수호가 피식 웃었다.

"귀여운 자식."

그날 저녁.

수호는 하루 종일 차를 몰아 경상북도로 향했다.

그렇게 한참을 달린 끝에 도로에서 낯익은 표지판을 발견할 수 있었다.

- 청송에 오신 것을 환영합니다.

수호가 향한 곳은 청송.

청송에 진입한 수호는 바로 청송 교도소 쪽으로 향했다.

정확히는 청송 교도소 옆에 위치한 청옥 교도소로 말이다.

청옥 교도소는 산꼭대기에 있었다.

절벽 옆에 지어진 청옥 교도소는 후방에는 절벽 양옆에는 가파른 산맥이 둘러져 있어서 정문을 제외하면 탈출이란 도저히 불가능해 보이는 곳이었다.

교도소 입구에 차를 세우자 교도소 내에서 방문자를 맞이하러 사람이 나왔다.

"반갑습니다. 청옥 교도소 소장, 김길연이라고 합니다."

방문자에게 고개 숙여 예를 갖추는 청옥 소장 김길연.

그의 인사에 조수석에서 내린 이도 인사했다.

"예, 고생이 많으십니다."

조수석에서 내려 김길연에게 인사하는 이.

다름 아닌 피성열이었다.

Chapter 4

피성열.

잘못 본 게 아니었다.

그는 누가 봐도 확실한 피성열이었다.

그리고 그 뒤로 운전석에서 내린 수호가 보좌관처럼 섰고 피성열이 말했다.

"그럼 이제 가시죠."

"예."

피성열의 말에 김길연이 직접 가이드에 나선다.

김길연은 피성열 눈치 보기 바빴다.

그럴 수밖에.

청옥은 각성자 재소자를 관리하는 곳으로 기관 등급으로 따지면 대헌협의 하위기관인데다 특수부에 가장 직접적인 관리를 받기 때문에 아무리 교도소장이라 할지라도 피성열의 눈치를 볼 수밖에 없는 것이다.

이윽고 김길연의 안내를 받아 도착한 곳은 특별 접견실이었다.

특별 접견실은 벽면 한켠이 심문실처럼 특수유리로 이루어져 있었는데 그 덕에 접견실 내부에선 외부가 보이지 않아 외부에서 내부를 감시하기에 용이했다.

피성열은 접견실 외부에 위치한 감시실로 들어갔고 접견실에는 수호 혼자 들어갔다.

이윽고 피성열이 접견실 내부와 통하는 마이크를 테스트해 본 뒤 김길연에게 말했다.

“1번 재소자 들여보내 주시고 나머지 분들은 자리 좀 비켜주시죠. 미리 말씀드렸지만 그 누구도 지금부터 이루어질 대화를 들으시면 안 됩니다.”

“예, 알겠습니다.”

피성열이 한 번 더 경고하자 김길연이 얼른 고개를 숙이고 사람들을 물렸다.

이윽고 관계자가 사라지자 피성열이 마이크 버튼을 누르며 접견실의 수호에게 말했다.

“다 갔습니다.”

“어, 고생했어.”

사람들이 사라지자마자 피성열이 수호에게 깍듯이 보고한다.

수호도 당연하다는 듯이 대답했고.

이게 가능한 이유?

간단했다.

현재 접견실 외부에 있는 피성열은 진짜 피성열이 아니었기 때문.

현재 수호와 함께 있는 피성열은 다름 아닌 슈트볼을 이용한 '김건'이었다.

'건이가 있으니 이런 일도 가능하고. 참 편하네.'

수호는 청옥으로 오기 전, 김건에게 청옥으로의 동행을 제안했다.

당연히 업무로써의 제안이었다.

경비가 삼엄한 청옥은 아무리 수호라 할지라도 함부로 뚫고 들어갈 수 없는 곳이었기에.

하지만 청옥의 상위기관의 관리자인 피성열과 함께라면 모든 것이 하이패스였다.

'군대에서도 높은 계급의 장교들은 암구어를 대지 않고 위병소를 뚫고 들어가니까.'

그리고 그건 다른 곳이라고 해도 예외는 아니었다.

흉악범으로 분류된 각성자들만 있는 청옥이라 할지라도 말이다.

이윽고 접견실에 앉아 기다리길 얼마간, 교도관들이 피성열이 요청한 재소자를 데리고 나타났다.

김궁원이었다.

김궁원은 마력을 차단하는 특수 수갑을 손목에 차고 있었는데 수호를 보자마자 피식 웃음을 터뜨렸다.

"이야, 이게 누구신가. 날 잡아 처넣으신 대국민 스타님 아니십니까?"

김궁원은 특유의 껄렁껄렁한 말투로 걸어와 수호 앞에 앉았다.

수호가 웃으며 말했다.

"김궁원 씨, 잘 지냈어요?"

"네 눈에는 내가 잘 지내는 것처럼 보이냐?"

"한국 최악의 각성자 교도소에 있는데도 얼굴 반질반질한 거 보니 잘 지내는 것 같은데요?"

"여기 처박혀 있으니 할 수 있는 게 먹는 거밖에 없더라고. 그래서 풍요롭게 먹고 지내고 있긴 해. 어딜 가나 돈만 있으면 되잖아?"

틀린 말은 아니었다.

대격변의 시대를 맞아도 인권이니 뭐니 하는 것 때문에 여전히 교도관들은 재소자들을 함부로 대하지 못한다.

하지만 그런 룰이 재소자들 사이에서도 통할까?

그래서 감옥 안에선 돈 많은 놈이 최고인 것이다.

돈이 많으면 안에서 많은 걸 살 수 있고, 또 돈이 많다는 이유로 출소해서 함께 미래를 도모할 수 있다는 환상을 심어 주니까.

김궁원의 말에 수호는 잠시 웃어 보이더니 한결 편안해진 목소리로 말했다.

"궁원아."

"뭐, 궁원이?"

"왜? 너도 반말하는데 난 좀 하면 안 돼?"

"허, 참. 어이가 없네…… 넌 공무원이란 새끼가 감이 없냐?"

"감은 너야말로 없는 것 같은데."

"뭐?"

"너 지금 영치금 얼마나 남았냐?"

"영치금은 왜?"

"아껴서 쓰라고. 그게 네 전 재산이니까."

"……?"

수호가 웃으며 말하자 김궁원은 순간 이해 못 했다는 듯 고개를 기울이더니 이내 미간을 좁혔다.

"야, 너 뭐야?"

"아직도 목소리를 까네? 상황 파악이 안 돼?"

"뭐?"

"네 은닉재산 32억이지? 전부 가상화폐로 빼놨고."

수호가 출금카드를 꺼내 보이며 말했다.

"그거 전부 여기 있다?"

“……!”

수호가 카드를 꺼내 보인 순간 김궁원의 눈이 여태 본 것 중 가장 커졌다.

자식, 그러다 눈알 튀어나오겠네.

수호가 다시 카드를 집어넣으며 말했다.

“영치금 아껴서 써. 너 나오려면 아직 몇 년은 남았는데 그동안 여기 애들한테 가오 잡는다고 돈 꽤나 뿌렸을 거 아냐.”

“이 새끼가……! 야, 구라 치지마. 네가 내 은닉재산을 찾은 건 둘째치고 어떻게 액수나 좀 알아냈나 본데 네가 무슨 재주로 그걸 빼돌렸다는 거야?”

“그럼 네가 나한테 잡힌 건 말이 되고?”

“뭐?”

“너 나한테 어떻게 잡혔는지 기억 안 나나 보네? 대헌협 그 누구도 네 행방을 못 찾고 있었는데 너 너희 집에 있다가 나한테 잡힌 거잖아. 근데 왜 내가 네 은닉재산 하나 못 빼돌릴 거라고 생각해?”

“지랄하지 마라 진짜.”

“지랄? 그건 두고 보면 알게 되겠지. 너 설마 손백금 믿고 이러는 건 아니지?”

수호가 품에서 뇌물장부를 꺼내 김궁원에게 내밀었다.

그러자 뇌물장부를 확인한 김궁원의 눈이 또 한 번 커졌다.

"이건……!"

"손백금 작업도 이미 끝났어. 아, 물론 손백금이 네 은닉 재산을 넘긴 건 아니니까 착각하지 말고. 애초에 네 은닉 재산은 너 말곤 아무도 모르잖아? 아무튼 손백금 목줄도 나한테 있으니까 이제 적당히 깝치자. 넌 이제 돈도 없고 수발들어 줄 손백금도 없는 빈털터리 신세니까."

"……."

김궁원의 얼굴이 표백이라도 한 것처럼 하얗게 질렸다.

그럴 수밖에.

여지껏 돈만 믿고 깝죽대던 놈이었는데 전부였던 돈을 잃었으니 당연히 질릴 수밖에 없지 않겠는가.

수호가 말했다.

"궁금하지 않냐?"

"무, 뭘?"

"재소자 사망률 1위인 청옥에서 돈도 힘도 없는 네가 얼마나 버틸 수 있을지."

"……."

수호의 나긋한 물음에 김궁원은 입을 꾹 다물었다.

그러더니 천천히 숨을 내뱉고 마른세수를 하더니 천장을 쳐다보았다.

이제서야 현실 파악이 된 것이다.

그로부터 얼마 뒤, 입술을 잘근 물던 김궁원이 입을 열었다.

"……그래서, 나한테 원하는 게 뭔데요?"

"이제 좀 주제 파악이 됐나 보네."

공손해진 태도.

그 모습이 퍽 우습다.

수호가 인벤토리에서 종이와 펜, 그리고 담배 한 갑과 라이터를 꺼내며 말했다.

"사법거래라고 들어 봤나?"

"……지금 나더러 밀고자가 되라고요?"

"그럼 안 돼? 지금 네 목구멍이 포도청인데."

"……."

"주제 파악 좀 해. 물론 네가 밀고한다고 해서 네 형량이 줄어든다거나 하는 일은 절대 없으니까. 난 나쁜 새끼들 형량은 절대 안 줄여 주거든. 대신 네가 여기서 맞아 죽지 않게 손써 줄 수는 있지. 그러니 잘 생각해."

김궁원은 나쁜 놈이다.

도핑 물약을 만들어 스포츠판을 비롯한 각종 경쟁 장르에 해악을 끼친 놈.

그뿐이랴? 이놈은 알음알음 마약까지 만들어 공급했다.

그러니 백금파가 클 수 있었던 거고.

그래서 수호는 김궁원을 절대로 용서해 줄 생각이 없었다.

'쥐어짤 만큼 쥐어짜다가 적당한 때에 버려도 모자랄 놈이지.'

김궁원이 말했다.

"……뭐 어떤 걸 적으면 됩니까?"

"판단 빠르네. 네가 아는 나쁜 놈들 전부를 적어. 네가 직접 약을 디자인했으니까 누가 고객인지 잘 알 거 아냐."

"다 잡아넣으시려고요?"

"너한테 그런 질문하라고 한 적 없다."

"……죄송합니다."

"손백금한테 물어볼 수도 있지만 공급자가 제일 정확하게 알지 않겠어? 손백금은 여전히 바깥에 있잖아."

"마, 맞아요. 근데 손백금은 왜 안 잡으시는 건데요?"

"내 맘이지."

"네?"

"그건 내가 알아서 할 문제지 네가 신경 쓸 문제는 아니야. 그러니 넌 네 목구멍 관리나 잘해. 청옥에서 비참하게 죽기 싫으면."

수호가 시간을 확인한 뒤 말했다.

"한두 시간 정도 있다 다시 올 테니 그때까지 이 종이들이 가득 채워져 있으면 좋겠다. 그럼 이따 보자고."

수호가 자리에서 일어나 접견실을 나간 순간이었다.

"하……."

멍하니 종이를 쳐다보는 김궁원.

그러나 그에게 선택권은 없다.

수호의 말마따나 그 정도 돈도 없으면 자신은 정말 죽은 목숨일 테니까.

김궁원은 얼마간 종이를 쳐다보던 끝에 수호가 두고 간 담배를 입에 물었다.

✱

수호가 접견실을 나오자 피성열도 수호를 따라나왔다.

그러자 바깥에서 기다리던 김길연이 두 사람을 반겼다.

"조사는 끝나셨습니까?"

"예, 김궁원은 이따 다시 보는 걸로 하고 이제 다음 놈 보시죠."

피성열의 말에 김길연은 두 번째 특별 접견실로 두 사람을 안내했다.

이번에도 동석자는 없었고 접견실 외부에는 김건이, 접견실 내부에는 수호 혼자 들어가 재소자를 기다렸다.

이윽고 피성열이 요청한 두 번째 재소자가 접견실에 나타났다.

그는 덩치가 제법 탄탄해 보이는 남자였다.

특이사항이 있다면 눈밑에 다크서클이 굉장히 진한 퀭

한 눈매와 사형수들만 쓸 수 있는 빨간색 명찰을 쓰고 있다는 것.

수호가 웃으며 말했다.

"윤현철 씨죠? 처음 뵙겠습니다. 대헌협 소속 안수호라고 합니다."

수호가 예의 바르게 인사했다.

그러나 윤현철은 특유의 무감한 눈초리로 수호를 쳐다보기만 했다.

그러나 수호는 여전히 미소를 잃지 않고 대화를 이어 나갔다.

"과묵하신 분이네요. 하지만 계속 이야기를 안 하시면 현찬 씨가 아쉽지 않겠어요?"

그 말에 윤현철이 그제서야 인상을 쓰며 물었다.

"……용건이 뭡니까?"

"거래를 하나 제안하러 왔습니다."

"관심없습니다. 무슨 거래인진 모르겠지만 안 합니다."

"정말 안 하세요? 동생분에 대한 이야기인데?"

그 순간.

쾅!

동생이란 말에 윤현철이 일순 수호에게 달려들었다.

그 추진력이 어찌나 센지 그 튼튼한 접견실 책상에 자국이 남을 정도였다.

하지만 두 손 모아 내지른 주먹을, 수호는 거짓말처럼 잡아 버렸다.

윤현철이 살기 어린 눈빛을 띠며 수호에게 말했다.

"너 뭐야? 네가 뭔데 내 동생을 언급해?"

"아까도 말씀드렸잖아요. 저 대헌협 소속 공무원 안수호라고. 뉴스에서 제 이름 들어 보신 적 없으세요?"

"없어, 이 새끼야!"

쾅!!

윤현철이 다시 한번 몸을 비틀어 주먹을 휘두른다.

그 힘이 어찌나 센지 몸을 비튼 것만으로도 굉장한 풍압이 일었다.

이 사람 안 되겠네.

이래서야 대화가 안 되겠어.

그리 생각한 수호는 부드럽게 그의 공격을 회피한 후 중지와 검지를 모아 그의 몸에 혈자리를 눌렀다.

[점혈이 발동됩니다.]

이윽고 스킬이 발동된 순간.

쿵!

윤현철은 거짓말처럼 바닥에 쓰러지고 말았다.

기절한 게 아니었다.

몸에 힘을 모아주는 구심혈들을 눌러 힘이 뭉치지 못하도록 손을 쓴 것이다.

그렇기에 윤현철의 정신은 그 누구보다도 또렷했다.

수호는 이어 윤현철의 아혈까지 짚어 성대를 봉인한 뒤 느긋이 말했다.

"청옥에는 그 누구도 건드릴 수 없는 두 마리의 괴물이 존재한다 들었습니다. 그중 잠룡(潛龍)이라 불리우는 윤현철, 당신과 거래를 하나 하고 싶은데 일단 한번 들어나 보고 판단해 보시죠."

"으으으!!"

수호의 나긋한 목소리에 윤현철이 있는 힘껏 힘줄을 돋운다.

잠룡 윤현철.

확실했다.

덩치는 크지만 물렁한 물살이 아닌 관리가 잘된 탄탄한 육체.

하지만 관리된 갑옷 같은 육체에 비해 퀭한 눈매나 얼굴은 세상만사에 관심이 없다는 듯 늘 무감한 표정을 짓고 있었다.

하지만 수호는 알고 있었다.

지금은 잠룡이라 불리우지만 먼 미래에는 광룡(狂龍) 윤현철이 된다는 걸 말이다.

'그가 광룡으로 폭주하기 전에 미리 길들여서 내 편으로 만들어야 한다.'

지금도 그렇고 미래에도 그렇고 청옥 내에서 그만큼 강했던 재소자는 없었으니까.

수호가 쓰러진 그를 방석 삼아 앉으며 말했다.

"많이 흥분하신 것 같으니까 일단 이렇게 말할게요?"

"으으으!"

"거 너무 흥분하시네 진짜…… 아무튼 본론부터 이야기하자면 전 당신이 왜 사형수가 됐는지 알고 있습니다. 당신은 자신의 여자친구를 집단 강간한 헌터들을 모조리 때려죽여서 사형을 받게 됐죠. 이후에도 청옥에서 시비를 거는 놈이 있으면 시비 거는 놈들을 족족 두들겨 팼고 어떤 놈은 장애인이 됐고 어떤 놈은 죽기까지 했습니다."

아마 그의 손에 불구가 됐거나 죽은 놈들 수를 합하면 벌써 열 명이 넘을 것이다.

그래서 그는 사형수가 된 것이다.

수호의 말이 이어졌다.

"근데 저는 당신이 나쁘다고 생각하지 않습니다. 아마 제 여자친구가 그런 일을 당했어도 전 당신과 똑같이 행동했을 것이며, 그 상태에서 감옥에 온다면 세상 다 잃은 사람처럼 똑같이 행동했을 테니까요."

"으으으!!"

이건 진심이었다.

'내가 아무리 공무원에 회귀자라지만 부처나 보살은 아

니니까.'

하지만 윤현철은 '네놈 따위가 뭘 안다는 거냐'고 말하고 싶은지 아혈과 구심혈이 짚어졌음에도 불구하고 어떻게든 몸을 떨어 반항심을 표출했다.

수호의 말이 이어졌다.

"하지만 제가 아무리 당신을 나쁘게 생각하지 않는다고 해서 세상 모두가 당신을 동정하진 않겠죠. 그건 법도 마찬가지일 거고요. 하지만요. 그렇다고 이대로 인생의 목표 없이 동태눈을 하고 살아가기엔 너무 슬프지 않을까요?"

수호는 그의 위에서 일어나 그를 들었다.

그런 다음 의자에 제대로 앉힌 후 구심혈 중 하체를 풀어 그가 제대로 의자에 앉을 수 있게 도와주었다.

윤현철의 눈빛은 여전히 살기가 넘실거렸다. 그러나 수호는 아랑곳 않고 말을 이어 나갔다.

"윤현철 씨 아람보육원 출신이시죠? 그리고 보육원에 입소할 당시 여동생과 함께 들어갔고요."

그 순간, 발악하던 윤현철의 몸에서 떨림이 멈추었다.

그의 반응이 잠잠해지자 수호가 웃으며 말했다.

"여동생분은 보육원에 들어온지 얼마 안 돼서 바로 입양 간 걸로 알고 있습니다. 그에 비해 현철 씨는 나이를 다 채우고 보육원을 졸원하셨고요. 그 이후 여동생을 찾으려고 이리저리 발품 팔고 다니신 것도 압니다."

수호는 말을 이으며 남은 구심혈을 모두 풀어주었다.

그러자 구심혈이 풀린 그는 주먹을 휘두르는 것대신 자세를 바로 앉아 수호를 노려보았다.

"여동생분 이름이 윤현희 씨 맞죠? 제가 그분이 어딨는지 압니다. 지금 뭐 하고 지내며 어디 계시는지도요."

수호가 인벤토리에서 서류봉투를 하나 꺼냈다.

안에는 웬 여자의 인적사항과 최근에 찍은 사진들이 있었는데 모두 윤현희의 것이었다.

윤현철은 수호가 내민 서류와 사진들을 믿지 못하겠다는 듯 본 것 중 가장 크게 눈을 뜨며 그것들을 살폈다.

수호가 말했다.

"알아보니 다행히 한국에 계시긴 하더라고요. 근데 삶이 그리 녹록해 보이진 않았습니다. 현희 씨는 분명 좋은 가정으로 입양을 갔지만 성인이 되던 해, 게이트 쇼크로 일가족을 모두 잃었고 하루아침에 터전을 잃어 굉장히 힘든 삶을 영위하셨습니다. 그러던 차 남자 하나를 만나 일찍이 결혼을 했는데……."

수호는 이어서 사진 몇 장을 추가로 보여주었다.

멍 자국 가득한 윤현희의 사진.

누가 봐도 폭행에 의한 것이었다.

"남편의 가정폭력과 알콜중독, 그리고 최근엔 도박까지 손을 대고 있다고 들었습니다. 이유는 게이트 쇼크로 인해 가게가 두 번이나 망하면서 빚더미에 올라서 그렇다고 하네요."

두 번째 사진을 본 윤현철의 얼굴이 붉어졌다.

금방이라도 터질 것 같은 얼굴이었다.

그러나 수호는 전혀 아랑곳 않고 자리에서 일어나 그의 아혈을 풀어주었다.

그러자 그는 이번엔 소리를 지르지도 욕을 하지도 않고 차분히 앉아 분노를 제어하며 목소리를 낮추었다.

"……나한테 원하는 게 뭡니까?"

"청옥의 왕이 되어 주셨으면 합니다."

"왕?"

"대격변의 시대지만 여전히 우리나라는 인권문제 때문에 재소자들을 박하게 다루지 않습니다. 끽해야 자유 정도를 제한하고 말지. 근데 전 그래선 안 된다고 생각하거든요. 교도소의 본질은 교화(敎化)입니다. 근데 그 청옥이라 할지라도 여전히 돈 많은 놈은 두 다리 편하게 뻗고 자는데…… 이런데서 무슨 교화가 이루어지겠습니까?"

수호의 말에 윤현철이 눈살을 찌푸린다.

그러더니 말을 이었다.

"말은 그럴듯하게 하는 것 같지만 결국 내가 청옥의 실세가 되어 당신이 원하는 재소자를 만져주길 바라는 것 같은데?"

"예, 뭐. 포장이라면 포장이겠죠. 제가 워낙 바빠서 모든 범죄자들을 다 만져줄 순 없거든요. 그래서 당신이 나 대신 여기서 일을 좀 해줬으면 합니다. 그럼 제가 책임지고 윤현희 씨를 케어해 드리겠습니다."

"……."

수호는 굳이 자신을 포장하려 하지 않았다.

상대가 그리 느낀다면 그냥 그렇게 생각하라고 했다.

그게 뭐가 그리 중요할까?

이건 그냥 거래일뿐이다.

게이트 종식을 위한 수많은 플랜들 중 하나일 뿐이며 그 과정을 획기적으로 단축시켜 줄 아주 효율적인 거래.

윤현철도 안다.

사실 수호의 가치관이나 추구하는 바 같은 게 뭐가 그리 중요할까?

그는 죽지 못해 하루하루를 살아가는 사람이었다.

그런데 어느 날 갑자기 나타난, 일면식도 없는 사람에게서 생각지도 못한 삶의 횃불을 보았다.

친동생 윤현희.

내 유일한 핏줄.

어릴 때 분명히 약속했다.

부모님은 우릴 떠나갔지만 우린 가족으로서 평생을 함께할 것이라고.

하지만 일련의 불행으로 모든 걸 잃었고 그 약속도 지키지 못하게 되었다.

"필요한 게 있으면 얼마든지 들어드리겠습니다. 간단하게 생각하시죠. 당신은 이곳에서 평생을 살아야 하지만 바깥에는 당신이 책임지고 싶어 하는 것들이 있습니다. 그걸 제가 대신 책임져 드리겠습니다. 대신 당신은 절대신 해서 청옥 내부를 책임져 주세요."

"……정말 그렇게만 하면 약속을 지켜주는 겁니까?"

"물론이죠. 저 티비 나오는 사람입니다. 이런 걸로 거짓말하면 큰일나요. 아, 그리고 원하시면 동생분께 이곳으로 면회도 올 수 있게 도와드리겠습니다."

면회.

그 두 글자에 윤현철은 잠시 침묵했다.

그러더니 이내 고개를 저었다.

"면회는 됐습니다. 제 동생한테 저에 대해서도 말씀하지 말아주세요. 그저 그림자처럼…… 그림자처럼 조용히 제 동생을 케어해 주세요."

"동생분 앞에 서는 게 부끄러우십니까?"

"……."

윤현철은 대답을 아꼈다.

수호도 그에게 대답을 종용하지 않았다.

생각할 시간이 필요하겠지.

그래.

그거면 됐다.

중요한 건 그와의 거래가 성립되었다는 것이니까.

"알겠습니다. 원하시는 대로 해드리겠습니다. 그럼 제 요구 조건을 좀 더 세밀하게 말씀드리겠습니다."

"또 뭐가 있습니까?"

"업무의 효율을 높이기 위한 요구라고 생각하시면 됩니다."

"……뭡니까?"

"김궁원이라고 아세요?"

"김궁원?"

"안에서 돈 뿌리면서 뻰질거리는 약쟁이 하나 있을 겁니다. 약을 해서 약쟁이는 아니고 약을 만들어서 약쟁이입니다."

"그런데요?"

"그놈을 수족으로 붙여드리겠습니다."

"필요 없습니다."

"내가 필요합니다. 옆에서 잡무 봐줄 놈이 필요하니까요."

"잡무가 왜 필요합니까?"

"청옥 넓잖아요. 사람도 많고. 제가 어떤 주문을 넣을 줄 알고 거길 혼자서 다 소화합니까? 제가 아까 말했죠. 청옥의 왕이 돼 달라고. 단순히 무력으로 왕이 돼 달라고 그런 말을 한 게 아닙니다."

수호가 인벤토리에서 바나나우유 두 개를 꺼냈다.

그런 다음 각각 빨대를 꽂은 후 윤현철에게 하나를 내밀며 말을 이었다.

"왕이 생기면 법이 생기고 법이 생기면 질서가 만들어집니다. 문제는 그 왕이 어떤 왕이냐에 따라 만들어질 법도 질서도 속성이 바뀐다는 거죠. 전 현철 씨가 엄청 무서운 폭군이 됐으면 좋겠어요. 복역 중인 재소자는 여길 다시 오고 싶지 않아서라도 교정이 되고 바깥사람들은 현철 씨 무서워서라도 알아서 조심하게 되는."

"그런 왕이라면 지금도 청옥에 있습니다."

"철괴요? 그놈도 비슷하긴 하죠. 근데 엄밀히 말하면 자기 편하자고 세력질하는 거잖아요. 돈 갖다 바치는 놈들한테는 잘해주고, 패고 싶은 놈은 패고. 전 그런 왕보단 공명정대한…… 그래! 염라대왕 같은 폭군을 원합니다."

"……까다롭군요."

"별로 안 까다로워요. 함무라비 법전 아시죠? 눈에는 눈, 이에는 이. 그냥 이이제이 형식으로 다스려 주시면 됩니다. 그러다 저의 추가 주문이 있으면 그것만 좀 들어주시고. 아, 참고로 김궁원은 약제사라 치료약도 버프약도 다 만들 수 있습니다. 단순히 잡무만 보진 않을 거예요."

김궁원이 청옥에서 나오려면 최소 7년은 있어야 한다.

중간중간 가석방 심사를 받을 자격은 생길 테지만 수호가 압력을 넣어 전부 기각시킬 생각이었다.

'추가 혐의 찾아내면 또 재판장에 세울 거고.'

그럼 영원히 청옥에 남게 되겠지.

수호가 말했다.

"다른 사람이면 이런 부탁 안 했을 겁니다. 남 괴롭히는 데 관심 없는 현철 씨니까 부탁하는 거예요. 상황이 당신을 범죄자로 만들었을 뿐, 사람 자체는 선한 사람이니까요."

"그런 말, 필요도 없고 믿지도 않습니다. 아무튼 거래는 받아들이겠습니다. 성과 보고 같은 것도 해야 합니까?"

"그건 김궁원이 알아서 해줄 겁니다. 아, 물론 제가 직접 한 달에 한두 번은 방문할 테니 너무 걱정하지 마세요."

말을 잇던 수호가 손을 내밀었다.

"그럼 잘 좀 부탁드리겠습니다. 영치금도 꼬박꼬박 넣어 드릴 테니 필요하실 때마다 쓰세요."

"……필요 없습니다."

"마음대로 하세요."

수호는 자리에서 일어났다.

그러자 대기 중이던 김건도 함께 일어나 접견실을 나섰고 밖에서 대기 중이던 김길연이 두 사람을 반겼다.

수호가 김건에게 고개를 끄덕이자 김건이 말했다.

"그럼 이제 마지막 놈을 보러 갑시다."

"예, 알겠습니다."

드디어 마지막 인물을 볼 차례였다.

그는 세 번째 접견실에서 만날 예정이었는데 각자의 위치에 앉아 기다리고 있자 얼마 뒤, 윤현철보다 훨씬 큰 남자가 걸걸하게 웃으며 나타났다.

"뭐야? 누가 날 이 밤 중에 찾았나 했더니 당신이었어? 근데 당신 티비에 나오는 그 사람 아닌가?"

"조광호 씨?"

"그래, 내가 조광호인데. 아니, 그보다 당신 맞지? 그 검신 안수호!"

"맞습니다, 그 사람. 그보다 당신이 청옥에 사는 두 마리 괴물 중 한 사람이죠? '철괴'라 불리우는."

"크하하! 나에 대한 명성이 당신 같은 유명인사한테까지 닿았나?"

수호는 대답하지 않았다.

대신 자리에서 일어나 그의 몸 곳곳에 혈자리를 눌렀다.

[점혈이 발동됩니다.]

[점혈이 발동됩니다.]

[점혈이 발동됩니다.]

연달아 발동되는 점혈 스킬.

그와 동시에.

"끄아아아악!!"

그가 바닥을 구르며 비명을 지르기 시작했다.

"아파! 아프다고!!"

"시끄럽네."

고통에 몸서리치는 조광호 때문에 귀가 아프다.

그래서 추가로 아혈과 구심혈까지 짚었다.

그러자 조광호는 움직이지도 못 한 채 그저 몸만 부들부들 떨었다.

괴로울 테지.

악혈을 비롯한 고통을 줄 수 있는 혈은 모두 짚었으니까.

'근력부터 올려둬서 다행이네.'

청옥에 있는 흉악범들은 아무리 레벨이 높아 봤자 1성급에 웃돈다.

그 이상의 흉악범들이 없는 이유는 그들을 제압해 감옥까지 데려올 수가 없어 대부분이 현장에서 즉살처분되기 때문.

그래서 다행인 것이다.

점혈이 만능처럼 보이지만 어쨌든 손가락으로 직접 눌러야 효과가 적용되는데 상대 체력 등급이나 방어력이 너무 높으면 점혈 자체가 이루어지지 않기 때문.

하지만 1성급 언저리 플레이어들은 오렌지 등급의 근력 스탯이면 대부분 제압이 가능하다.

수호는 부들거리는 조광호를 내려다보았다.

그의 별명은 철괴.

그가 철괴라 불리우는 건 그의 몸이 철근처럼 몹시 단단해서였다.

그는 윤현철과 같은 권법가였는데 몸을 단단하게 만들어 주는 개인 특성 덕분에 윤현철만큼이나 강력한 청옥 최고의 괴물이 될 수 있었다.

하지만 윤현철과 다른 점이 있다면 조광호는 상당히 영악하고 계산적인 인물이라는 것.

그리고 분노에 못 이겨 살인을 저지를 수밖에 없었던 윤현철과는 달리 그는 숱한 살인과 강간을 저지른 '순수악'이라는 것.

수호는 조광호가 고통에 절여질 때까지 충분히 기다렸다.

그런 다음 시간을 확인하고 그제서야 모든 혈자리들을 풀어주었다.

"허억…… 허억……."

혈자리가 풀렸음에도 조광호는 자리에서 일어나지 못했다.

고통의 여운이 남은 것이다.

자리에는 그가 흘린 땀과 침, 눈물로 범벅되어 있었고 고통이 끝났음에도 불구하고 여전히 몸을 움직이지 못할 것 같은 두려움이 일었다.

수호는 조광호 앞으로 의자를 끌어와 앉으며 말했다.

"광호야."

"으, 으어?"

"그동안 너무 편하게 살았다 그치?"

"그, 그게 무슨……?"

"인간쓰레기보다 못한 놈이 우연한 기회에 각성해서 적당히 잘 벌어먹고 호의호식…… 그러다 게이트 안에서 동료들 겁탈하고 살인한 게 걸려서 청옥으로 왔는데 넌 여기서도 왕처럼 군림하고 있잖아."

"……."

"생긴 거에 비해 대가리는 또 어찌나 좋은지…… 그동안 세력 만들어서 호의호식하고 살았으니 이젠 진짜 벌을 받아야 되지 않겠어?"

"그, 그게 무슨 말씀이십니까?"

말을 잇던 수호는 조광호의 뒷덜미를 잡아다 의자 위에 앉혔다.

"자세 똑바로."

"예, 예!"

여전히 몸에 힘이 들어가지 않는다.

하지만 정신은 그 누구보다 또렷했고 정신력은 힘든 육체를 바짝 통제했다.

"흠."

수호는 그런 조광호를 얼마간 쳐다보았다.

견적을 짜는 것이다.

어떻게 하면 조광호가 남은 생애 내내 반성하며 고통받을 수 있을까.

답은 어렵지 않은 것 같다.

넌 여태 너무 많은 것들을 누리고 살았어.

수호는 조광호의 몸 몇 군데 새로운 혈자리들을 눌렀다.

[점혈이 발동됩니다.]

[점혈이 발동됩니다.]

[점혈이 발동됩니다.]

여러 군데를 짚었다.

그중에는 말 못 하게 하는 아혈도 있었고 왼쪽 발목의 구심혈과 양손아귀의 구심혈을 짚었다.

이 정도면 충분하다.

짚은 혈자리 때문에 말도 못 할 거고 양손아귀엔 힘이 안 들어가서 숟가락도 겨우 쥘 것이며 왼쪽 발목은 힘이 안 들어가서 질질 끌고 다녀야 할 테지.

전과 중에 강간 이력도 있어 손백금에게 했던 것처럼 불구로 만들까 했지만 일부러 그러지 않았다.

용을 쓰지 않으면 숟가락도 못 쥐는 몸인데 거기다 성욕까지 들끓으면 그 누구보다 괴로울 테니까.

'그것이 네가 저지른 성범죄에 대한 형벌이다.'

할 일을 끝낸 수호는 자리에서 일어났다.

그러자 조광호가 황급히 외쳤다.

"하으아!"

무어라 외치던 조광호가 깜짝 놀란다.

성대가 묶인 것처럼 말이 안 나왔기 때문이다.

그게 아혈의 효과다.

수호는 대답하지 않았다.

대신 사람 좋은 미소를 한번 방긋 지어주고 접견실을 나섰다.

김건도 따라나섰다.

시간을 확인해 보니 한 시간이 얼추 안 됐다.

수호는 김길연과 함께 다시 김궁원이 있는 곳으로 향했다.

접견실 내부는 연기가 자욱했는데 수호가 등장하자 김궁원이 자리에서 벌떡 일어났다.

"효과 좋네."

근데 괜히 담배를 두고 갔나?

접견실 내부가 너구리 소굴마냥 연기로 가득 차 있었다.

수호는 마력을 이용해 연기를 한데 모아 뭉친 뒤 김궁원 앞에 앉았다.

종이는 빽빽했다.

어떻게든 살기 위해 가진 기억을 죄 끌어모은 모양.

수호가 물었다.

"다 썼냐?"

"예, 거의 다 썼습니다."

수호는 종이 몇 장을 훑어본 후 품에 집어넣었다.

이것들은 모두 김승환에게 줄 예정이다.

약 자체는 각성자인 김궁원이 만들어서 특수부 관할이지만 약을 먹은 고객들은 거의 일반인들이니 김승환이 잡아 처넣기 딱 좋을 테니.

수호가 이어서 말했다.

"반성 좀 했냐?"

"예, 많이 했습니다."

"그럼 하는 김에 일 하나만 더해라."

"……일이요?"

"왜? 싫어?"

"아, 아닙니다. 무슨 일인지 궁금해서 호기심이 돋고 있는 중이었습니다."

"윤현철 씨 알지?"

"윤현철이면…… 잠룡 윤현철이요?"

"응, 그 윤현철. 그 사람이 내일부터 청옥 정리에 들어갈 거야. 그러니 넌 내일부터 윤현철 씨 옆에 딱 붙어서 따까리 노릇 좀 해라."

"예? 그 양반이 왜요? 그 양반은 건드리지만 않으면 아무도 안 건드리는 독고다이 같은 존재인데?"

"나랑 거래 하나를 했거든. 그러니 넌 이제부터……."

수호는 김궁원에게 해야 될 일들에 대해 이야기해 주었다.

그와 덧붙여 네가 윤현철 옆에 있는 걸 특권으로 생각하지 말고 혹여나 원님 덕에 나팔 부는 꼴이 발견되면 각오하라는 경고까지 남겼다.

"알겠냐?"

"예, 예. 알겠습니다!"

목소리가 크다.

그럴 수밖에.

수호가 말한 청옥에서 살아남는 방법이 바로 이것이었으니까.

그때 눈치 보던 김궁원이 물었다.

"저 근데……."

"왜?"

"그…… 아실진 모르겠는데 윤현철이 강한 건 맞지만 청옥 내부엔 윤현철만큼이나 강한 사람이 한 명 더 있는데요……."

기어 들어가는 목소리.

아마 철괴 조강호를 말하는 거겠지.

근데 눈치 보며 말하는 걸 보니 조광호에 대한 두려움이 꽤나 큰 모양이다.

당연했다.

김궁원은 지금도 조광호에게 돈을 주며 보호받고 있었으니까.

수호가 피식 웃으며 말했다.

"알아. 그래서 좀 전에 손 쓰고 오는 길이니까 그 부분에 대해선 걱정 안 해도 돼."

"……조광호한테요?"

"어, 그럼 매달 말일 전후로 확인하러 올 테니 보고서 잘 꾸려놔라."

"예! 알겠습니다!"

"그럼 수고."

이로써 청옥에서 볼일은 모두 끝났다.

수호는 김건에게 고개를 끄덕여 보였고 두 사람은 그제서야 청옥을 빠져나올 수 있었다.

교도소장 김길연은 마지막까지 배웅을 나왔다.

김건이 조수석에 올라타기 전, 김길연의 어깨를 두드려 주며 말했다.

"고생하시고 다음에 또 봅시다. 그리고 오늘 있었던 일은 다음에 날 봐도 절대로 아는 척해선 안 됩니다. 뭐, 그 정돈 알죠?"

"예, 명심하겠습니다."

"다음부턴 이 친구만 보낼 테니 그리 아시고."

김건의 말에 수호가 고개를 살짝 까딱였다.

김길연 역시 수호의 인사에 미소로 화답해 주었고 그 후에야 수호의 차가 청옥을 벗어나기 시작했다.

청옥에서 멀어지자 김건이 외형변환을 일으켜 본래의 자기 모습을 돌아왔다.

"고생했어."

"팀장님이 더 고생하셨습니다."

김건의 싹싹한 태도에 수호가 피식 웃었다.

"첫 임무치곤 연기 잘하던데?"

"연기랄 것도 없이 그냥 시킨 대로 했을 뿐인데요, 뭐."

"궁금한 건 없고?"

"그……."

궁금한 건 없냐는 말에 김건이 잠시 우물쭈물거리더니 이내 조용히 질문을 내놓았다.

"괜찮……겠죠?"

"뭐가?"

"특수부 부장 사칭한 거요."

난 또 뭐라고.

수호가 웃으며 말했다.

"괜찮아. 내가 아는 김길연 소장은 윗선 눈치를 엄청 보는 인물이거든. 그리고 특수부 부장은 대외적으로 엄청 무서운 사람이라 괜한 소리 듣기 싫어서라도 알아서 처신 잘할 거야."

"그렇군요."

"근데 질문이 뭐가 그렇냐. 난 다른 걸 물어볼 줄 알았는데."

"다른 거라면 어떤 거요?"

"오늘 봤던 것들."

"아, 접견실에 온 재소자들요?"

"응."

"그거 제가 궁금해도 되는 것들이에요?"

김건의 물음에 수호가 다시 한번 피식 웃었다.

"그게 무슨 말이야?"

"그냥 어디서 봤어요. 호기심이 너무 많으면 불행해진다고. 전 이제 겨우 행복 근처에 왔는데 다시 불행해지고 싶진 않거든요."

그렇군.

너무 일찍 불행을 겪어서 일찍 철이 들었어.

수호가 웃으며 말했다.

"좋은 자세네."

"그냥 팀장님 믿고 가는 거죠. 저희 형제를 구해주신 분이신데."

"마인드 좋다. 시간도 늦었는데 얼른 서울로 가자."

"제가 운전할까요?"

"운전도 할 줄 알아?"

"성인 되자마자 땄고 잘나갈 땐 차도 두 대 갖고 있었어요. 정말 제가 운전해도 돼요. 저 어차피 슈트 모드라 피곤

하지도 않은데."

"그러든지."

이내 갓길에 차를 세운 두 사람은 좌석을 교대한 후 다시 서울로 향했다.

*

김건을 파주에 데려다준 후 안전가옥으로 돌아가는 길이었다.

'이제 며칠 정도 시간이 남는군.'

피성열에게 받기로 한 휴가는 약 일주일.

그리고 하루 만에 손백금과 김승환, 그리고 청옥 건을 모두 해결했다.

언론 플레이로 게이트부 발령은 덤이었다.

이제 남은 건 간단한 문제들뿐이다.

그러니 수호는 남은 엿새를 최대한 알뜰하게 쓸 생각이었다.

'6일 동안 게이트만 돌아야겠군.'

수호는 바로 휴대폰을 들어 누군가에 전화했다.

- 오~ 수호 씨!

전화를 걸지 얼마 되지 않아 바로 전화를 받았다.

전화를 받은 사람은 유니온 소속 게이트 브로커, 최윤이었다.

엿새간 열심히 게이트만 돌려면 최윤의 도움은 필수였다.

수호가 물었다.

"게이트 이용을 좀 하고 싶은데, 매물 나온 것 있습니까?"

- 엑, 오랜만에 전화해서 한다는 소리가 겨우 그거예요?

"그럼요?"

- 그래도 오랜만인데 안부도 묻고 해줘야죠. 전 수호 씨 근황 다 알고 있는데.

"제 근황이야 뉴스에서 나오니 알 수밖에 없죠. 그래서 매물 있습니까?"

- 예나 지금이나 참 딱딱하시네. 어떤 종류로 찾으시는데요?

"찾는 게 몇 가지 있습니다. 우선적으로는 흔적이 안 남고 레벨링에 특화된 곳이면 좋겠습니다. 난이도는 상관없고 몬스터 수준은 1성급 이상이면 됩니다."

- 1성급 이상이라…… 진짜 난이도 상관 안 해요?

"안 합니다."

- 그런 거면 몇 개 있긴 해요. 근데 입장 제한이 붙어 있을 수도 있는데 혹시 지금 레벨이 몇이세요?

"75입니다."

- 당장 생각나는 건 3개 정도 있네요. 지금 서울이에요?

가까운 곳으로 소개해 드려요?

"위치는 상관없습니다. 멀어도 움직이면 되니까 셋 다 제가 사겠습니다."

- 돈도 많으셔라. 알겠어요. 시간은요?

"지금부터 바로 됩니다."

- 뭐 어디 쫓기기라도 하세요? 왜 이렇게 급해요?

"시간 있을 때 바짝 공략해 두려는 것뿐입니다. 그래서 지금 됩니까?"

- 되긴 돼요. 다만 시간이 시간이다 보니 야간 할증이 좀 붙을 뿐.

"상관없습니다."

- 진짜 노잼이네. 다른 조건들은요?

"용, 뱀파이어, 독, 그리고 보름달과 관련된 게이트들을 찾고 있습니다."

- 테마가 다 특이하네요?

"혹시 가진 매물 중에 있습니까?"

- 어…… 처음에 말한 조건이랑 마침 겹치는 곳이 한 곳 있긴 한데 거리가 좀 멀어요. 괜찮아요?

"괜찮습니다."

- 그럼 주소 쏴줄 테니 바로 와요.

"알겠습니다."

역시 최윤.

통화가 종료되자 바로 주소가 적힌 문자가 도착했고 수호는 네비게이션에 주소를 입력한 뒤 바로 운전대를 돌렸다.

멀긴 멀었다.

이번에 소개받은 게이트는 세종에 위치해 있었으니까.

비학산에 도착한 수호는 최윤과의 통화를 통해 디테일한 장소를 특정했고 얼마 지나지 않아 먼저 도착한 최윤과 만날 수 있었다.

"여기에요, 여기!"

최윤은 홀로 있지 않았다.

그는 비학산 게이트의 주인과 함께 있었는데 방두억 패거리와는 또 다른 느낌의 사람들이었다.

게이트의 주인 '김원후'가 수호를 보자 헛웃음을 터뜨렸다.

"이야…… 진짜 안수호네?"

게이트 구매자가 안수호란 이야기는 미리 해 뒀다.

일전에 그 이야기를 하지 않았더니 방두억이 갑자기 나쁜 마음을 먹은 사례가 있었으니까.

김원후가 수호에게 악수를 청했다.

"김원후라고 합니다. 이야기 들었을진 모르겠는데 구매

자가 그쪽이라고 해서 입장권 말고 게이트 자체를 매절로 팔고 싶은데, 어떻게 생각하십니까?"

매절 판매.

그냥 게이트 자체를 통째로 넘기겠다는 뜻.

보통 이런 식으로 사설 게이트를 가진 자들은 입장권 장사로 뽕을 뽑는데 구매자가 수호이다 보니 매절로 넘기려는 것이다.

김원후가 생각하기에 수호는 자신의 게이트를 반드시 공략할 것 같았으니까.

수호가 고개를 끄덕이며 말했다.

"가격만 맞는다면 구매하겠습니다."

"얼마나 생각하는데요?"

"그건 파는 사람이 알지 않겠습니까?"

"열 장만 주쇼. 그래야 나도 남는 게 있지."

"열 장이라……."

열 장.

10억을 뜻했다.

액수를 들은 수호가 웃었다.

어이가 없네.

10억이 뉘 집 개 이름이야?

"1억에 하시죠."

"……1억? 내가 지금 잘못 들은 거요?"

"들은 게 맞습니다. 아무리 본전 생각에 10억을 부른다지만 이 게이트가 10억이나 주고 살 가치가 있는 게이트는 아니라고 생각하거든요. 대신 다른 조건을 걸죠."

"다른 조건?"

"안에서 나온 몬스터 부산물들. 전부 그쪽이 가지시죠."

"음?"

말 그대로였다.

게이트 공략 하나 하자고 10억이나 지불할 거면 서기원의 바이러스 던전이나 돌고 말지 왜 굳이 게이트를 돌겠는가?

수호가 바이러스 던전을 두고 굳이 게이트를 돌려는 이유는 경험치 문제 때문이다.

바이러스 던전에 나타나는 바이러스 몬스터들은 도전 플레이어와 같은 레벨을 가지니까.

'둘 다 레벨이 같은 상태이다 보니 같은 시간을 들여 사냥을 해도 경험치 수급에 대한 효율이 떨어져.'

수호는 무성급 플레이어지만 실력과 무력은 이미 1성급 이상. 그러니 돈이 좀 들더라도 게이트를 돌려는 것.

물론 그렇다고 아주 비싼 돈을 들여 가면서까지 게이트를 돌 생각은 없었다.

전생에는 돈이 화수분처럼 마르지 않던 수호였지만 현생의 수호는 아직 그 정도 수준은 아니었으니까.

'하지만 그렇다고 무법자처럼 굴 수도 없지.'

한두 번 정도야 여기 있는 사람들을 죄 썰어버리고 게이트를 차지할 수도 있다.

하지만 계속 이런 식으로 일처리를 하면 더 이상 그 누구도 최윤에게 자신의 게이트를 맡기지 않을 터.

'오히려 자신의 게이트를 감추고 암암리에 거래하겠지.'

최윤이 아무리 국내 최고 신용도를 자랑하는 유니온 소속이라 할지라도 말이다.

그러니 장기적으로 봤을 때 그런 행위는 최대한 자제해야 했다.

돈이야 또 벌면 되지만 흔적 안 남는 비공식 게이트는 아무리 회귀자라고 해도 혼자서 다 찾아내기엔 힘들었으니까.

그래서 다른 방법을 제시했다.

수호의 대안에 김원후가 잠시 턱을 어루만지더니 고개를 끄덕였다.

"여기가 무슨 게이트인지는 알고 말하는 거죠?"

"모릅니다."

"알면 후회할 텐데?"

"관심 없습니다. 대신 보스 몬스터에 한해서만 나한테 권리를 보장해 주면 됩니다."

"1억은 주고?"

"예."

"그런 거라면…… 오케이, 근데 우리 진짜 게이트 안에서 하나도 안 도와줍니다?"

"예, 절대 돕지 마세요."

협상이 이루어졌다.

그런데 상의도 없이 협상을 진행하자 깜짝 놀란 최윤이 수호를 잡아당겨 근처로 끌고 갔다.

"뭐 해요, 지금?"

"협상했잖아요."

"아니, 그건 나도 들어서 아는데 아무리 그래도 이러면 그쪽이 손해 아니에요?"

"저길 10억 주고 사는 게 더 손해입니다."

"저기 웨어울프 게이트예요. 가면 늑대들이 득실거리는. 그리고 웨어울프 가죽이 얼마나 비싼지 몰라요?"

늑대인간 웨어울프.

그리고 녀석들이 가진 가죽.

비싼 거 안다.

가죽만 비쌀까?

머리며 이빨이며 발톱까지 죄 비싼 게 웨어울프다.

근데 뭐?

내가 경험치 수급하러 왔지 부산물 채집하러 왔나?

수호가 무감하게 말했다.

"관심 없습니다. 앞으로 모든 거래는 다 이렇게 처리했으면 좋겠네요. 비용을 최소화하는 방향으로.”

“참 나…….”

“안 될 건 없잖아요? 저쪽에서도 오케이 했는데.”

“그건 그런데…… 아휴, 난 몰라요. 내 살다 살다 이런 거래는 또 처음이네. 근데 그건 아셔야 해요. 이런 방식의 거래는 수호 씨니까 가능한 거란 걸.”

보통은 판매자가 게이트에 함께 들어가지 않는다.

혹여나 게이트 공략에 실패하면 비용 회수는커녕 그저 개죽음당할 뿐이니까.

하지만 수호는 공식적으로든 비공식적으로든 벌써 봉인 게이트를 여러 번 단독 공략한 인물.

당연히 믿을 수밖에 없다.

이윽고 김원후가 말했다.

“혹시 괜찮으면 한 시간만 줘요. 우리도 갑자기 딜 받은 거라 채집 장비랑 인원 꾸리려면 그래도 한 시간은 있어야 해.”

“알겠습니다.”

갑자기 꾸려야 하는 팀치고 한 시간이면 충분히 기다릴 만하다.

수호는 그때 동안 잠시 눈이라도 붙이기로 했다.

수호가 차로 이동하며 말했다.

“잠시 눈 붙이고 있을 테니 다 되면 깨워요. 한 시간 넘겨도 되니까."

"나 참……."

조수석 시트를 뒤로 넘긴 수호는 바로 잠에 들었다.

*

다시 눈을 떴을 때쯤엔 두 시간이 지나 있었다.

"어이가 없네."

다들 사회생활 안 해 봤나?

한 시간 넘겨도 된다고 했지 누가 두 시간 가까이 딜레이시키라고 했지?

그래도 뱉은 말이 있기에 수호는 자리에서 일어났다.

"하하, 죄송합니다…… 갑자기 준비해야 돼서 생각했던 것보다 시간이 좀 더 걸렸습니다."

사과하는 김원후.

그래.

사과했으니 됐다.

사과 안 하고 뻔뻔하게 나왔으면 진짜 좀 화날 것 같았거든.

수호가 고개를 끄덕이며 말했다.

"괜찮습니다. 제 제안이 갑작스러운 것도 있었고. 이젠 그럼 준비 다 끝난 겁니까?"

"예, 안 그래도 준비 다 마쳤습니다."

힐긋 보니 정말 많은 준비를 한 게 느껴졌다.

그도 그럴 게 김원후는 입장 최대 인원을 전부 채집원들로 꽉꽉 채웠으니까.

수호가 무심하게 물었다.

"전투원이 하나도 안 보이는데 절 너무 믿는 거 아닙니까?"

"시민이 공무원 안 믿으면 누굴 믿겠습니까."

"그것도 그렇네요."

평소에도 이렇게만 믿어주면 참 좋을 텐데 말이지.

수호가 게이트에 접촉한 순간이었다.

[게이트에 입장합니다.]

[게이트 정보를 불러옵니다.]

[만월의 숲]

- 입장 조건 : 99레벨 이하.
- 최대 입장 인원 : 16명 이하.

컨택된 게이트의 이름은 만월의 숲.

들어가 본 적은 없지만 들어 본 적은 있다.

그렇기에 별생각 없이 게이트 속으로 몸을 던졌고 김원후

패밀리도 수호를 따라 게이트 속으로 입장하기 시작했다.

✻

게이트 포탈을 통과하자 사위에는 짙은 어둠이 깔렸다.

이곳의 이름은 분명 만월의 숲일진대 달빛 한 점 보이지 않는 게 참 희한했다.

'구름 때문이군.'

하늘을 올려다보니 구름이 잔뜩 껴있다.

그래서 달빛이 세상을 비추지 못하는 것이다.

상관없다.

이곳이 어둠으로 깔려 있다 할지언정 수호에게 어둠은 그다지 장애가 되는 요소가 아니었으니까.

[오리지널 뱀피르 효과에 의해 어둠의 제한 효과를 받지 않습니다.]

스킬 효과를 본 수호는 피식 웃었다.

새삼 내 몸에 뱀파이어의 피가 흐른다는 걸 인지했기 때문이다.

'아무리 오리지널 로열이라지만 십자가도 은도 마늘도 통하지 않는 내가 진짜 뱀파이어라고 할 수 있을까?'

아무렴 어때.

시스템 분류상으로 뱀파이어의 자격만 얻으면 됐지.

수호가 블러드 웨폰을 소환하며 김원후에게 말했다.
“다들 가만히 있다가 제가 신호하면 작업 시작하세요. 제가 부산물의 권리는 양도했지만 그렇다고 그쪽 전부의 안전을 보장한다고는 안 했습니다.”
“알고 있습니다. 저희도 마냥 모지리들만 데리고 온 건 아니라서요. 그러니 그쪽이나 조심하세요.”
“예, 그럼 시작하겠습니다. 아마 속도를 좀 내셔야 할 겁니다.”
말을 마친 수호는 품에서 화살들을 꺼내 바닥에 꽂았다.
그런 다음 소환한 블러드 웨폰을 왼손에 쥐었다.
이번에 소환한 블러드 웨폰은 혈검이 아니었다.
블러드 보우.
혈궁이었다.
수호는 혈궁의 시위에 바닥에 꽂은 화살들을 얹었다.
그러자 거짓말처럼 화살촉에 불꽃이 타올랐다.
그것을 본 김원후가 눈을 동그랗게 키웠다.
“어어?”
“갑니다.”
휘웅!
수호가 활을 쐈다.
그러자 불화살이 곡선을 그리며 숲 너머로 날아갔고 안착한 불화살은 주변 잎사귀를 잡아먹으며 순식간에 덩치를 불려 나가기 시작했다.

"효과 좋네."

수호가 사용한 화살은 특별히 외부에서 사온 화전(火佃)용 화살이었다.

마력에 반응해 기름이 없어도 알아서 불이 붙고 평범한 불보다 연소력이 좋아 촉매만 있으면 얼마든지 불길을 키운다.

수호는 이어서 쉬지 않고 화살을 더 쏘았다.

그러자 주위는 순식간에 불바다가 됐고 그걸 본 김원후가 튀어나올 듯한 눈으로 되물었다.

"지, 지금 뭐 하는 겁니까!"

"늑대사냥요."

"예?"

"웨어울프 게이트에 왔으면 늑대사냥을 해야죠. 저 놀러 온 거 아닙니다. 한 시간이면 준비하신다는 거 두 시간이 걸렸으니 시간도 별로 없어요."

"아, 아니! 아무리 그래도 이렇게 불바다를 만들어 놓으면……!"

"그러니까 잘 따라와야 한다고 한 겁니다. 이제 불을 피해 웨어울프들이 튀어나올 건데 보이는 족족 썰어버릴 거거든요. 아, 물론 걱정하지 마세요. 제 뒤만 잘 쫓아오면 적어도 타죽지는 않을 겁니다. 가면서 저한테 오는 불은

다 전소시킬 거거든요.”

“그게 무슨!”

“갑니다.”

웃으며 말을 마친 수호가 안광을 번뜩인다.

그러자 스킬 하나가 발동됐다.

[마력감지가 발동됩니다.]

등급이 오른 마력감지 스킬은 더 넓은 범위의 마력을 감지한다.

그리고 몬스터들은 아무리 마력을 갈무리해도 특유의 탁한 마력을 감출 수가 없다.

하물며 불바다가 된 숲속이라면 더더욱이.

- 캐애앵!!

저기군.

수호는 귀에 잡힌 울음소리를 향해 귀영창을 소환해 던졌다.

콰직!

[웨어울프를 처치하셨습니다.]

원샷원킬!

시작이 좋다.

수호는 즉시 혈검을 소환해 정면을 향해 달리기 시작했다.

*

[웨어울프를 처치하셨습니다.]

[웨어울프를 처치하셨습니다.]

[웨어울프를 처치하셨습니다.]

[웨어울프를 처치하셨습니다.]

……

사냥은 쉴 틈 없이 이어졌다.

수호가 쏘아올린 화마는 그칠 줄을 모르고 번져 나갔고 숲 전체를 집어삼킬 기세로 덩치를 불려나갔다.

웨어울프들은 갑작스런 재앙에 사방으로 흩어질 수밖에 없었으며 그것은 곧 죽음으로 직결되었다.

그리고 죽지 않기 위해 수호의 뒤를 바짝 쫓던 김원후는 웨어울프 시체마다 고리를 걸어 허리춤에 걸고 뛰었다.

'저, 저 미친놈……!'

미친놈.

그것 말고는 수호를 표현할 방법이 달리 있을까?

그도 그럴 게 수호는 정말로 미친놈처럼 잘 싸웠고 미친놈처럼 잘 뛰었으며 미친놈처럼 불길을 잘 잡았다.

그렇게 한참을 만월의 숲을 휘젓던 그때였다.

[달빛이 숲을 굽어살핍니다.]

눈앞에 떠오른 시스템 알림.

그와 동시에 꽉 막혀 있던 구름이 걷어지며 환한 달빛이 만월의 숲 위로 떨어졌다.

그리고 달빛이 닿은 모든 곳에 불길이 사그라들었고.

- 아우우우우우!!

[보스 몬스터가 등장합니다.]

숲의 주인 또한 모습을 드러냈다.

"왔네."

높은 언덕 위.

달빛을 받으며 나타난 그 녀석은 여태 본 웨어울프들보다 훨씬 컸고 털 색깔도 갈색이 아닌 은빛으로 반짝였다.

웨어울프 특유의 이족보행을 하고 있는 녀석은 붉은 안광을 번뜩이며 수호를 내려다보았다.

수호가 말했다.

"아까 말했습니다."

"뭘요?"

"난 당신들 지켜줄 의무 없다고. 보스전에 휘말리고 싶지 않으면 최대한 멀리 떨어지세요."

불길도 사그라들었겠다, 웨어울프도 거의 잡았겠다.

이제 남은 건 보스 한 마리뿐인데 살고 싶으면 꽁지가 빠져라 뛰어야 할 것이다.

기동성 높은 웨어울프 보스라면 아마 타다 만 숲 전체를 전장으로 써야 할지도 모르니까.

“다, 다들 흩어져! 아니 3인1조로 흩어져!!”

수호는 그들이 쉽게 도망칠 수 있게 일부러 보스 몬스터 쪽으로 걸어갔다.

그러자 웨어울프 보스의 시선도 수호를 좇았다.

다른 떨거지들이 아닌 수호가 메인이란 걸 알았기 때문이다.

그렇게 거리가 좁혀지길 얼마간, 일순 웨어울프 보스가 절벽 아래로 뛰어내렸다.

- 아우우우!!

[실버 라이칸스로프가 공포를 울부짖습니다.]

[보스 몬스터급 피어가 발동됩니다.]

실버 라이칸스로프.

그것이 녀석의 이름이었다.

거 이름 참 대충 지었네.

웨어울프면 웨어울프지 갑자기 라이칸스로프는 또 뭐야?

수호가 알기로 두 개체는 사실상 별 차이가 없는 것으로 알지만 게이트에 따라 라이칸스로프를 더 높게 쳐주는 경우도 있긴 했다.

절벽에서 뛰어내린 실버 라이칸스로프는 빠른 속도로 수호에게 접근했다.

그 광경은 이질적이게도 참 아름다웠다.

달빛을 받아 반짝이는 녀석의 갈기는 고속으로 움직이

며 은빛 잔상을 만들어냈으니까.

녀석이 가시권에 들어온 순간이었다.

- 실버 라이칸스로프 Lv.132

머리 위에 보이는 이름표.

레벨이 높다.

그래서 좋았다.

레벨이 높다는 건 많은 경험치를 가지고 있다는 뜻이니까.

수호는 혈궁을 집어넣고 혈검을 소환해 쥐었다.

그리고 검을 허리춤으로 당겨 격발하듯 뽑었다.

[구름 베기가 발동됩니다.]

뻗어지는 칼날.

그것은 웨이브가 되어 녀석을 향해 쇄도했다.

그러나 수호의 발검이 녀석의 몸에 닿는 일은 없었다.

발검이 격발된 순간, 녀석은 거의 동시에 몸을 띄웠으니까.

자연스럽기 그지없는 일련의 동작에 수호 역시 한쪽 입꼬리를 끌어올렸다.

"내 그럴 줄 알았다."

명색이 라이칸스로프다.

그런데 겨우 이 정도 칼질에 당하면 늑대라고 볼 수 없지.

그렇기에 수호는 검을 오른쪽으로 휘두르자마자 손잡이를 놓았다.

그러자 바닥으로부터 시커먼 막대가 치솟더니 빈 손아귀에 안착했다.

시커먼 막대기의 정체는 귀영창이었다.

귀영창을 손에 쥔 수호는 곧장 녀석을 향해 창을 내던졌다.

[투창이 발동됩니다.]

한 단계 등급이 올라간 귀영창은 매서운 기세로 실버 라이칸스로프를 향해 뿜어졌다.

귀영창을 본 실버 라이칸스로프의 눈이 야트막하게 커진다.

이건 예상 못 한 거지.

녀석도 어쩔 도리가 없었다.

수호처럼 도약 스킬이라도 있지 않는 한 공중에서 몸을 비틀기란 어려우니까.

콰직!

귀영창이 녀석의 몸에 박힌다.

뿜어진 추진력은 녀석의 가죽을 꿰뚫었고 녀석의 몸은 허공에서 비틀어졌다.

동시에 수호는 달렸다.

시간이 금인 세상이다.

이게 무슨 턴제 RPG게임도 아니고 반격을 기다려 주는 것도 우습다.

수호는 곧장 달리며 손을 뻗었다.

그러자 아까 던진 혈검이 다시금 빈 손아귀에 응집되며 기다란 자태를 뽐냈다.

거리는 순식간에 좁혀졌다.

눈빛을 빛낸 실버 라이칸스로프가 몸을 비틀어 발톱을 세웠지만 아무렴 상관없다.

수호는 혈검을 두 손으로 쥐며 도끼질하듯 위로 들어 올렸다.

[강철 자르기가 발동됩니다.]

서걱!

검이 사선을 가른다.

달빛을 받은 그것은 은적색 웨이브를 그리며 실버 라이칸스로프에 긴 검흔을 아로새겼다.

동시에 녀석의 그림자가 두 갈래로 나뉘어졌다.

먼저 떨어져 나간 건 녀석의 팔이었다.

역시 실버 라이칸스로프.

대가리는 뭐가 달라도 다르다는 건가.

목을 베고 싶었는데 그 와중에 한 번 더 몸을 비틀어 피해를 최소화시킨 게 제법 노련하다.

녀석은 허공에서 두어 번 회전하더니 히어로 영화의 그것처럼 멋스럽게 바닥에 랜딩했다.

- 크르르르…….

대단하네.

이제 겨우 한 팔만 남은 주제에 우스꽝스럽게 넘어지지도 않고.

그래도 대가리는 대가리인가 보다.

수호가 바닥에 떨어진 녀석의 팔을 칼끝으로 푹 찍어 들어올리며 말했다.

“이건 안 가져가?”

- 크르렁!!

가벼운 도발.

효과는 굉장했다.

수호의 조롱에 녀석은 안광을 번뜩이며 온몸의 털을 고양이처럼 날세웠다.

그 순간 시스템 알림이 떠올랐다.

[실버 라이칸스로프가 크게 분노합니다.]

[실버 라이칸스로프가 만월의 기운을 받아 힘을 대폭 증가시킵니다.]

몸에 창이 박히고 팔 하나가 잘려서 그런가.

녀석은 곧장 페이즈 2를 시전했다.

그래.

어차피 시전할 페이즈 2면 빨리 시작하는 게 좋지.

모두가 그런 건 아니지만 대부분 1성급 이상이 되면 페이즈 2를 가지고 있다.

실버 라이칸스로프가 그랬다.

페이즈 2가 시작되자 녀석의 덩치가 커지며 갈기 또한 더더욱 풍성해졌다.

그 순간, 수호는 달려들었다.

지금 이 싸움은 애들이 보는 변신만화 같은 게 아니다.

주인공이 변신하는 동안 기다려 주는 악당들을 바보라고 생각하는 것처럼 수호는 타이밍을 놓치지 않고 바로 거리를 좁혀 검을 휘둘렀다.

[강철 자르기가 발동됩니다.]

다시 한번 은적색 웨이브가 그려졌고 이번엔 정확하게 녀석의 목을 가르는데 성공했다.

툭- 투르르……

잘린 녀석의 목이 아래로 추락해 바닥을 구른다.

푸슈슉! 핏물도 분수처럼 뿜어졌다.

그로부터 얼마 뒤, 녀석의 몸이 앞으로 기울어지더니 무릎부터 땅에 닿으며 고꾸라졌다.

[실버 라이칸스로프를 처치하셨습니다.]

[게이트가 공략되었습니다.]

[게이트 공략의 MVP는 '안수호' 님입니다.]

[MVP 선정으로 추가 경험치가 제공됩니다.]

[MVP 선정으로 보너스 스탯이 1개 제공됩니다.]

[레벨이 올랐습니다.]

[모든 스탯이 1 올랐습니다.]

[보너스 스탯을 1개 획득하셨습니다.]

녀석의 몸이 바닥에 쓰러진 순간, 핏물과 함께 시스템 알림들이 쏟아졌다.

수호가 혈검을 휘둘러 날붙이에 묻은 핏물을 가볍게 털어냈다.

그쯤 시스템 알림 하나가 추가로 떠올랐다.

[귀영창이 실버 라이칸스로프의 그림자에 반응합니다.]

[귀영창이 실버 라이칸스로프의 그림자를 흡수합니다.]

그래.

너도 사냥하는데 일조했으니 네 몫을 챙겨야지.

수호는 귀영창이 전리품을 포식하는 동안 상태창을 켰다.

[안수호]

- Lv : 79
- 클래스 : 치유사
- 특성 : <뉴블러드><헤라클레스 후보>
- 근력(O) : 5
- 체력(R) : 41
- 마력(R) : 42
- 감각(R) : 41
- 보너스 스탯 : 5

레벨 4개.
그리고 보너스 스탯 5개.
이만하면 하룻밤 사냥치곤 괜찮은 수확이라고 생각했다.
돈도 1억밖에 들지 않았으니까.
수호는 획득한 보너스 스탯 전부를 체력에 투자했다.
그쯤 귀영창의 식사도 끝났다.
[귀영창이 강화됩니다.]
[귀영창이 실버 라이칸스로프의 그림자를 완전히 흡수하였습니다.]
딱히 변화는 없다.
3번째 의식을 깨운 게 얼마 전이니까.
그때였다.
"끄, 끝난 겁니까?"
김원후였다.
실버 라이칸스로프가 사냥됐다는 알림을 보고 급하게 부하들을 모아 수호에게 온 것이다.
수호가 턱짓으로 녀석을 가리키며 말했다.
"보시다시피."
"……정말 홀로 단독공략해 버렸군요."
"예, 뭐. 다음에 또 이런 게이트를 손에 넣으시면 최윤 브로커를 통해 연락주세요. 게이트 장사 개시하기 전에 연락 주시면 오픈 비용도 별로 안 들 것 아닙니까."

"알겠습니다. 근데……."

김원후의 시선이 실버 라이칸스로프의 시체로 향한다.

탐욕에 젖은 눈빛.

그의 눈빛을 읽은 수호가 말했다.

"왜요?"

"……아닙니다. 그냥 막상 보니 신기해서요."

"보스 몬스터에 대한 권리는 저한테 있다고 미리 말씀드렸잖아요."

"예, 압니다. 그래서 그냥 신기하다고 말씀드린 것뿐입니다."

"원하세요?"

"네?"

"팔이랑 목만 깔끔하게 썰어서 나머지 가죽은 멀쩡합니다. 원하시면 그쪽한테 넘길게요."

"저, 정말요?"

"대신 1억만 주시죠. 1성급 보스 몬스터라 가공만 잘해도 충분히 그 이상은 남잖아요."

"……."

그럼 그렇지.

세상에 공짜가 어딨나.

근데 수호의 제안이 제법 나쁘지 않다.

더럽게 잡은 것도 아니고 저렇게 깔끔하게 잡았는데.

김원후는 잠시 고민하더니 고개를 끄덕였다.

"그럽시다."

"잘됐네요. 그럼 저거 들고 먼저 나가계세요. 대금은 최윤 브로커한테 주시고."

"그쪽은요?"

"전 아직 볼일이 남아서요."

"흠…… 알겠습니다. 근데 아직 수거 못 한 사체들이 있어서 저희도 조금만 있다가 나가겠습니다."

"그러시죠."

만족스러운 거래.

일처리가 깔끔하다.

이렇게 되면 최윤한테 줄 수수료를 떼도 남는 장사였으니까.

거래를 마친 김원후 일행은 아직 채 수거하지 못한 웨어울프들을 모으러 가기 위해 사방으로 흩어졌다.

수호는 고개를 들어 하늘을 보았다.

달빛이 참 맑다.

실버 라이칸스로프의 등장과 동시에 나타난 만월은 어느덧 숱한 구름들을 밀어내고 태양처럼 숲 전체를 밝히고 있었다.

'이것 때문에 내가 여기부터 온 거지.'

수호가 이곳을 먼저 택한 건 최윤에게 부탁한 것들 중에 하나인 '달'과 관련이 있어서였다.

달빛을 보던 수호는 인벤토리에서 서고화를 꺼냈다.

평범한 두루마기였던 서고화는 달빛을 받아 반짝이고 있었다.

[달빛이 충만합니다.]

[서고화의 문이 열렸습니다.]

[무학의 서고에 입장하시겠습니까?]

아이템 정보가 떠올랐고 수호에게 질문한다.

대답은 당연히 예스.

수호가 긍정의 의사를 표하자 수호의 몸이 서고화 속으로 빨려 들어간다.

[무학의 서고에 입장하셨습니다.]

게이트 표시도 안 뜬다.

한 번 공략했던 곳이라 그런가?

바뀐 건 없다.

눈앞에는 석탑이 치솟아 있고 수호는 이전과 같이 석탑을 오르기 시작했다.

석탑 자체는 금방 올랐다.

초행길이 길게 느껴지는 거지 한 번 올랐던 곳은 쉽게

느껴지는 법이니까.

그렇게 서고평에 발을 디딘 순간이었다.

휭!

날아오는 화살.

그렇군.

2번째 방문이라고 해서 우대 혜택 같은 게 있는 건 아니었어.

수호는 바로 스킬을 발동시켰다.

[마력감지가 발동됩니다.]

좋게 생각하기로 했다.

여기가 아니면 어디서 마력감지 수행을 할까?

수호는 날아오는 기관진식의 공격을 회피하며 서고평의 격한 환영인사를 받아주었다.

그렇게 한참을 회피하자.

드드득- 콰직!

어디선가 부서지는 소리가 들리며 기관진식이 작동을 멈추었다.

그리고.

쿵!

눈앞에 치솟는 철기둥 하나.

그와 동시에.

끼기기긱-

철기둥에서 팔다리가 솟으며 서고의 파수꾼이 모습을 드러냈다.

모쿠잔이었다.

[보스 몬스터가 등장합니다.]

Chapter 5

수호는 시선을 옮겨 녀석의 머리 위를 보았다.

- 서고의 파수꾼 Lv.???

녀석은 여전히 레벨 표시가 없다.

도전자와 상태창을 공유해서 그런 것이다.

녀석은 이전처럼 자신의 역할을 수행하기 시작했다.

[서고의 파수꾼이 신념의 전장을 발동시킵니다.]

[신념의 전장이 발동되는 동안 서고의 파수꾼의 상태창은 도전자와 똑같은 상태가 됩니다.]

[신념의 전장이 발동되는 동안 영역 안의 모든 전투자는 서고의 파수꾼이 지정하는 무기 이외의 다른 무기는 사용할 수 없습니다.]

발동되는 스킬.

그와 동시에 녀석의 머리 위에 아이콘이 떠오르더니 슬

롯머신처럼 돌아가기 시작했다.

이윽고 슬롯머신이 멈추었고.

[서고의 파수꾼이 무기를 지정합니다.]

[지정된 무기는 '활'입니다.]

[전투를 시작합니다.]

아이콘은 활 모양에 멈추었다.

"활이라."

지정된 무기는 활.

하긴.

저번에 검이 나왔는데 또 검이 나올 수는 없겠지.

선택 무기로 활이 지정된 순간, 녀석은 몸에서 철근을 떼어내 활을 만들었다.

그리고 몸에서 화살도 뽑아내 바로 수호에게 겨누었다.

"행동력 참 빠르네."

그래서 수호도 혈궁을 소환했다.

그사이 모쿠잔이 화살을 쐈다.

쾅!

어우야.

무슨 화살을 쐈는데 박힐 땐 대포알 같은 소리가 나냐?

슬쩍 보니 화살 굵기가 만만찮다.

'빨리 처리해야겠네.'

그래도 총이 아닌 게 어디야.

총이었으면 난사하느라 거리도 못 좁혔을 것이다.

수호는 녀석이 재장전하는 사이 바짝 거리를 좁혔다.

그러자 녀석도 위험을 눈치챘는지 바로 거리를 벌렸다.

쾅!

거리를 벌리기 위해 도움닫기를 하는데 또 바닥에서 대포알 소리가 난다.

녀석이 발 디딘 자리가 움푹 패였는데 그걸 보고 있자니 어이가 없다.

녀석은 뒤로 날아가면서도 노련하게 수호에게 활을 겨누었다.

후웅!!

코앞에서 쏘아진 화살이 매섭게 날아와 얼굴을 스친다.

수호는 몸을 돌림과 동시에 허공에서 한 번 더 발디딤을 했다.

[도약이 발동됩니다.]

스킬이 발동되며 한 번 더 몸을 비틀 수 있게 되자 수호는 그대로 혈궁을 휘둘렀다.

수호가 노린 것은 녀석의 얼굴이었다.

지척의 상황.

그 일련의 동작에 모쿠잔은 어쩔 수 없이 자신의 활을 들어 수호의 혈궁을 막았다.

그러나 모쿠잔은 그래선 안 됐다.

[강철 자르기가 발동됩니다.]

서걱!

혈궁이 녀석의 강철 활에 맞닿은 순간, 강철 자르기가 발동됐다.

그와 동시에 녀석의 활이 보란 듯이 두동강나며 활시위 또한 끊어졌다.

- …….

모쿠잔이 황당하다는 표정으로 자신의 활을 쳐다본다.

황당할 테지.

분명 활끼리 부딪쳤는데 부딪쳐 소리가 나긴커녕 마치 도검에 잘린 듯 활이 두동강 났으니까.

그 멍청한 표정에 수호가 피식 웃었다.

"짜식, 놀라긴."

검사가 활을 들면 그게 곧 검이다.

아니, 내가 뭘 들든 그걸 검이라고 하면 검인 것이다.

물론 이번에 소환한 혈궁은 평범한 혈궁이 아니긴 했다.

블러드 웨폰은 시전자의 의지를 반영해 외형이 만들어진다. 그래서 겉모습 자체는 기존의 혈궁을 따르되 부분부분 검의 기능을 넣었다.

예컨대 활의 아래쪽에 손잡이를 달고 활의 테두리에는 날붙이를 달아 날카롭게 한다든지.

덕분에 혈궁은 그 자체로 훌륭한 검이 되었다.

'겉모습은 좀 우스꽝스럽긴 하지만 말이야.'

그래도 활이라는 규칙성은 지켰다.

활시위가 달려 있었고 화살을 걸면 쏠 수도 있었으니까.

그래서 시스템이 제지하지 않은 것이다.

강철 자르기도 꼭 검으로만 써야 한다는 법은 없었으니까.

그때였다.

[서고의 파수꾼이 자신의 패배를 인정하였습니다.]

[게이트가 공략되었습니다.]

[게이트 공략의 MVP는 '안수호' 님입니다.]

[MVP 선정으로 추가 경험치가 제공됩니다.]

[MVP 선정으로 보너스 스탯이 1개 제공됩니다.]

[레벨이 올랐습니다.]

[모든 스탯이 1 올랐습니다.]

[보너스 스탯을 1개 획득하셨습니다.]

[시스템은 당신이 더욱더 강해지길 원합니다.]

[시스템이 당신에게 더 높은 힘을 선물합니다.]

전과 같았다.

검이 두동강나고 패배를 인정했던 것처럼 녀석은 이번에도 활을 잃자마자 패배를 인정했다.

애초에 이걸 노렸다.

앞으로도 자주 봐야 하는 모쿠잔인데 볼 때마다 몸을 베면 좀 미안하잖아?

수호가 시스템 알림을 보며 개운함에 웃었다.

"여기서도 레벨이 오를 줄은 몰랐네."

뜻밖의 사실이었다.

이건 무왕 구택수한테도 듣지 못한 사실이었으니까.

덕분에 레벨이 80이 됐고 또 하나의 스킬이 2차 변화가 이루어졌다.

바로 스킬 정보를 확인했다.

[홀리 인챈트]

- 등급 : F

성스러운 힘 A → 홀리 인챈트 F

성스러운 힘이 최고 등급에 도달함으로써 한층 더 강력한 강화 스킬인 '홀리 인챈트'가 되었다.

마력을 소모하여 대상에 한 단계 더 높은 성 속성과 '퇴마', 그리고 '수호' 효과를 부여한다.

"오."

등급이 업그레이드된 홀리 인챈트의 효과가 생각보다 괜찮다.

일전에 획득한 성스러운 힘이 단순한 성 속성 효과의 부여였다면 이젠 퇴마와 수호 효과까지 추가로 발생시키는 인챈트 스킬이 되었으니까.

'이젠 진짜 홀리 인챈트가 되었군.'

다만 한 가지 아쉬운 점이 있다면 이젠 50레벨 이전에 그랬던 것처럼 10레벨 단위로 스킬 랭크가 오르지 않는다는 것.

그래도 상관없다.

2차 변화를 일으킨 스킬들 모두 F등급이긴 하나 성능 자체는 A급 1차 스킬들보다 훨씬 더 좋았으니까.

수호는 이어서 상태창을 켜 보너스 스탯 전부를 체력에 투자했다.

그런 다음 딱딱하게 굳은 모쿠잔의 어깨를 한번 두드려 준 후 무학의 서고로 향했다.

무학의 서고에는 여전히 수많은 무공비급들이 꽂혀 있었다.

수호는 다시 한번 그것들을 둘러본 후 책 한 권을 당겼다.

그러자 이전처럼 눈앞에 시스템 알림이 떠올랐다.

[무학의 서고에 오신 것을 환영합니다.]

[서고의 파수꾼을 처치한 당신은 무학의 서고에서 1권의 지식을 전수받을 수 있게 되었습니다.]

[원하는 지식을 선택하십시오.]

[궁법]

[보법]

[잡기]

이번에도 세 가지 선택권이 떠올랐다.

선택지는 이미 정해두었다.

수호는 이번에도 이전과 같이 잡기를 선택했다.

'수호검이 있는 내게 무기술은 애초에 선택의 대상이 아니니까.'

보법은 좀 다른 케이스였지만 아직은 비슷한 이유를 가졌다. 물론 아직 선택할 때가 아니기도 했고.

수호가 잡기를 선택한 순간이었다.

[잡기를 선택하셨습니다.]

['역용술(B)'을 터득하셨습니다.]

잡기를 선택하자 역용술을 획득했다.

시스템 알림을 본 수호의 입꼬리가 치솟았다.

'여기서 이걸 얻게 되다니.'

수호는 즉시 역용술의 정보를 확인했다.

[역용술]

- 등급 : B

무림의 신비로운 변장술.

얼굴의 근육과 뼈를 조작하여 원하는 형태의 얼굴로 만든다.

'그래, 바로 이거지.'

역용술.

수호가 무학의 서고에서 반드시 얻고자 했던 잡기술들 중에 하나.

이것은 일전의 최윤이 사용했던 의태 가면이나 인피면구 같은 아이템과는 차원이 다른 스킬이었다.

그도 그럴 게 의태가면이나 인피면구의 경우, 단순히 얼굴에 위장 가면을 써서 정체를 숨긴다면 이건 말 그대로 근육과 뼈를 조작하여 얼굴 자체를 바꾸는 것이니까.

'그리되면 그 어떤 감지 스킬에도 걸릴 일이 없지.'

왜냐면 임시적인 속임수가 아닌 정말로 얼굴을 바꾸는 것이기에.

이외에도 얼굴 자체를 바꿀 수 있다는 건 여러모로 쓸모가 많았다.

'계속 이런 식으로 나왔으면 좋겠군.'

원하는 바를 손에 넣은 수호는 그제서야 서고평을 나섰다.

그런 다음 기력을 잃은 서고화를 챙긴 후 그제서야 게이트를 나섰다.

마지막으로 수호가 게이트에서 나온 순간이었다.

"아, 이제야 나오네."

바깥으로 나오니 최윤이 수호를 기다리고 있었다.

다른 사람들은 보이지 않았다.

수호가 물었다.

"다른 사람들은요?"

"한참 전에 정리하고 갔어요. 나름 좋은 경험이었다고 전해달라네요."

"돈은 확실하게 받았고요?"

"예, 이거 받으세요. 내 수수료 떼고 나머지 몫."

가방을 열어 보니 수수료를 뺀 나머지 금액이 그대로 들어 있었다.

수호가 그것을 받아 인벤토리에 넣으며 말했다.

"아직 2개 더 있다고 했죠?"

"그렇긴 한데…… 뭐, 지금 가게요?"

"안 되나요?"

"잠은 언제 자고요?"

"운전은 내가 할 테니 옆에서 눈 붙여요."

"나 비싸요. 나 데리고 다니면서 거래하려면 동행비 줘요."

"얼만데요?"

"……진짜 주게요?"

"이런 식으로 장사하는 게 좀 신기하긴 한데 당장은 급하니까 맞춰주는 겁니다."

"하 참나! 농담이에요, 농담! 브로커 일하는데 동행비가 어딨어요! 근데 그쪽 차로 움직이면 내 차는요?"

"유니온 직원이나 대리기사 불러요. 대리비 필요하면 내 줄 테니까."

"와……."

최윤도 한두 푼 버는 사람은 아니지만 이런 식의 거래는 처음이라 다소 어이가 없었다.

하지만 수호로선 이것이 최선이었다.

한참 합법적으로 쉴 수 있을 때 바짝 레벨을 올려둬야 했으니까.

'웬만하면 복귀 전까지 1성을 찍어야 해.'

100레벨이 되면 해야 될 게 많다.

그러니 다음 여유를 만들기 위해선 그전 단계부터 스케줄 조정을 해야 했다.

수호가 물었다.

"그래서, 안 돼요?"

"돼요! 돼! 차는 알아서 할 테니 그쪽이 운전해요."

"주소 알려주고 조수석이나 뒷자리에 타세요. 자도 되니까 도착하면 깨울게요."

"참 나……."

그러나 최윤에게 선택권은 없다.

어쨌든 그녀도 장사꾼이기에.

부웅!

수호의 차가 출발한다.

그로부터 며칠 뒤.

"상태창 확인."

[안수호]

- Lv : 98
- 클래스 : 치유사
- 특성 : <뉴블러드><헤라클레스 후보>
- 근력(O) : 24
- 체력(R) : 94
- 마력(R) : 61
- 감각(R) : 60
- 보너스 스탯 : 0

만월의 숲 이후, 수호는 최윤을 통해 게이트를 9개나 추가로 돌았다.

하나같이 1성급 이상의 게이트였고 첫날 구매한 2개 게이트 이후엔 도전할 수 있는 게이트 레벨이 더 높아져 4개를 추가로 구매했다.

당연히 9개 게이트 모두 MVP를 달성하여 보너스 스탯을 9개나 더 획득했다.

'그래서 체력 스탯이 94개가 되었고.'

그뿐이랴?

90레벨을 넘기면서 또 하나의 2차 직업 스킬을 얻었다.

이름은 수호령.

일전의 치유령이 범위 지정형 힐링 스킬이었다면 수호령은 회복과 덧붙여 약간의 보호 효과도 발생했다.

이만하면 장족의 발전이었다.

다만 아쉬운 점이 하나 있다면 시간이 조금만 더 있었더라면 100레벨이 될 수 있었다는 것.

그래도 고작 엿새 만에 이만큼 올릴 수 있었던 건 모두 최윤 덕분이었다.

'생각보다 돈도 크게 안 썼지.'

처음에 공략했던 만월의 숲을 제외하면 수호가 원하는 테마의 게이트가 없어 전부 부산물을 넘기는 조건으로 게이트를 싸게 구입할 수 있었다.

그리고 헤어지기 전, 수호가 말했다.

"고생했습니다."

"으으, 한동안 연락하지 마세요."

"어차피 이젠 바빠질 거라 하고 싶어도 못 합니다. 야밤에라도 뛸 수 있으면 최대한 뛸 테니 게이트 나오는 족족 다 저한테 연락주세요."

“으아아아!!”

특히 최윤이 고생을 많이 했다.

일주일의 휴가 중 첫날밤에 연락했으니 사실상 닷새 동안 10개의 게이트 스케줄을 같이 움직인 것이니.

물론 그사이 게이트만 돈 건 아니었다.

김승환의 근무지 근처로 갔을 땐 김궁원에게 받은 자료를 넘기고 왔으니까.

최윤과 헤어진 수호는 시간에 맞춰 인천공항으로 향했다.

인천공항으로 향한 이유?

오늘이 바로 손백금의 귀국 날짜였으니까.

- 인천공항 도착했습니다.

“고생했습니다. 그럼 이제 별도의 지시가 있기 전까지 조용히 지내세요.”

- 알겠습니다. 저 근데…….

쭈뼛거리는 손백금.

수호가 물었다.

“왜요?”

- 죄송한데 이것 좀 어떻게 해결해 주시면 안 되겠습니까? 해외까지 나갔는데 이게 말썽이라 진짜 아무것도 못 하고 왔습니다.

이것.

고자 문제를 말했다.

그렇군.

생각해 보니 녀석의 거길 인질로 잡고 있었어.

수호가 말했다.

"조금만 더 기다리세요. 아직 일이 안 끝났으니까."

- 예?! 그건 약속이랑 다르잖습니까?!

"싫으면 말든가."

- 그, 그건 아니지만……!

손백금이 울먹인다.

그에게 선택권은 없었으니까.

'그러게 누가 인생 그렇게 살래?'

통화를 마친 수호가 대헌협으로 향한다.

⁂

대헌협 주차장에 도착한 수호는 차에서 내리기 전 뇌물 장부 원본에 미리 준비해 온 액체 하나를 뿌렸다.

프쉬쉬……

장부에 액체를 뿌리자 액체가 프쉬쉬 소리를 내더니 이내 장부 속으로 완전히 스며들었다.

겉으로 보기에 장부 자체는 바뀐 게 없다.

하지만 이 장부는 제작자가 만든 키워드를 작동시키는 순간 주문자가 지정한 대로 글자가 바뀌게 된다.

'이렇게 되면 결정적인 순간에 장부에서 박규민의 이름을 지울 수 있지.'

오늘을 위해 특별히 준비한 아이템이다.

이윽고 준비를 마친 수호는 특수부 부장실로 향했고 노크를 하자 피성열이 수호를 반겼다.

수호는 예의 바르게 인사한 뒤, 손백금에게 확보한 뇌물장부를 내밀었다.

"고생했다."

"아닙니다."

피성열은 장부를 받아 안을 확인했다.

그러더니 원하는 이름들을 확인한 후 슬쩍 미소를 짓더니 장부를 덮으며 수호에게 물었다.

"봤냐?"

"예?"

"이거 내용물 말이야."

"아뇨, 안 봤습니다."

"짜식이 안 보긴…… 봐도 그만, 안 봐도 그만이지. 보지 말란다고 네가 진짜 안 봤을 거냐."

"정말 안 봤습니다."

"그래, 그렇다고 치자."

어차피 안 믿을 거면서 왜 물어보는거야?

피성열이 피식 웃으며 장부를 테이블 위에 던져놓는다.

그러더니 다리를 꼬고 무릎에 손을 얹으며 말했다.

"뉴스 봤지?"

"예, 봤습니다."

"그래서 말인데, 너 잠시 게이트부에 좀 있다가 와라."

올 게 왔다.

이미 아는 이야기였지만 수호는 놀란 척했다.

"게이트부에…… 말입니까?"

"싫어?"

"아뇨. 그게 아니라 왜 게이트부인가 궁금해서 그랬습니다."

"거기도 내 라인이잖아. 그래서 보내는 거야."

"알겠습니다."

"서운해?"

"아닙니다."

"너무 서운해하지는 마라. 여론이 그래. 협회장님이 좀 신경 쓰시더라. 그러니 잠깐만 있다가 와. 나중에 순환근무 핑계로 다시 불러줄 테니. 그래도 일부러 게이트부로 보내는 거야. 너 지금 가면 부팀장부터 시작해야 하는데, 네 사수 정철민 팀장이다?"

이쯤에서 밝은 표정.

"아, 그렇습니까?"

"자식 좋아하기는. 내가 다 너 신경 써서 이렇게 배치한 거야. 그러니까 거기서 조금만 있다가 와. 너 같은 인재가 특수부에서 근무 안 하면 어디서 근무하냐?"

"하하, 감사합니다."

"그런 의미에서 이거."

말을 잇던 피성열이 자기 책상으로 가서 상자를 하나 가지고 왔다.

"이건……?"

"열어 봐. 시보 딱지 뗀 기념 선물."

"아, 감사합니다."

상자를 열어보니 손수건이 하나 들어 있다. 그것도 명품 브랜드로.

수호가 웃으며 말했다.

"손수건이네요. 안 그래도 새로 하나 살까 했는데 잘 쓰겠습니다."

"평소에 손수건을 들고 다니나 봐?"

"예, 외출할 때 들고 다닙니다."

"허허, 생각했던 것보다 더 젠틀한 구석이 있었네? 나도 그래. 신사라면 손수건 하나쯤은 필수지."

그놈의 신사타령.

사실 수호는 손수건을 안 들고 다닌다.

지금 하는 말들은 전부 피성열을 위한 맞춤식 멘트일뿐.

'전생에도 손수건을 선물 받았었지. 신사라면 필수 아이

템이라면서.'

그렇기에 손수건은 수호만 받은 게 아니었다.

피성열에게 손수건은 일종의 표식 같은 것이다.

넌 내가 신경 쓰고 있으니 알아두라는.

그렇기에 한때 아무것도 모르던 시절엔 손수건을 받고 나서 좋아했던 기억이 있다.

'내가 미쳤었지.'

수호가 손수건을 품에 넣자 피성열이 잇달아 품에서 봉투 하나를 꺼냈다.

"이것도 받아."

"이게 뭔가요?"

"이건 내가 따로 주는 용돈."

"용돈이요?"

"원래는 협회 역사상 최연소이자 최초의 만점자라 간략하게나마 표창식이라도 하려고 했는데 여론이 이래 가지고 전부 무산됐다. 협회장님도 많이 아쉬워하셔. 너도 들은 게 있어서 기대 좀 하고 있었을 텐데…… 뭐, 그렇게 됐다."

"아……."

하긴.

성적이 성적인데 교육우수 표창장 같은 거라도 하나 주려고 했겠지.

다른 것도 아니고 협회 역사상 최연소이자 최초 만점자

인데.

그래서 다행이었다.

그런 거추장스런 행사는 수호 입장에서 안 하느니만 못했으니까.

"기간 자체는 오늘까지가 특수부 연수지? 하루 잘 마무리하고 내일부턴 게이트부로 바로 출근해."

"예, 선배님. 감사합니다."

"그래. 앞으로도 나 보면 계속 선배라고 부르고. 아, 물론 공식적인 자리에선 알지?"

"예, 알고 있습니다."

"그럼 가봐. 정식 공무원증은 내일 정 팀장 통해서 전달해 줄 테니까."

피성열은 정말로 아쉬웠는지 끝끝내 수호에게 좋은 말을 해주었다.

이윽고 특수부를 나온 직후였다.

'이제 다 끝이군.'

아니, 엄밀히 말하면 드디어 웅크려야 하는 시기가 끝난 것이다.

내일이면 정식으로 시보 기간이 종료되고 진짜 대헌협 소속 공무원이 되는 것이니까.

'정식으로 출근하기 전에 그 사람부터 만나고 와야겠군.'

게이트 돈다고 미뤄뒀던 건이 하나 있다.

절대로 생략해선 안 될.

수호가 차를 몰아 어디론가 향하기 시작한다.

✻

준비를 마친 수호는 바로 서울역으로 이동한 다음 대전으로 향했다.

그리고 대전역에 내리자마자 택시를 타고 어디론가로 향했다.

'역용술 덕분에 움직이기가 훨씬 편하네.'

기차에 타기 전에 얼굴부터 바꿨다.

덕분에 굳이 옷을 안 갈아입어도, 최초의 무무무를 쓰지 않아도 아무도 수호를 알아보지 못 했다.

택시에서 내린 수호는 대전 유성구에 위치한 한 사무실로 들어갔다.

"실례하겠습니다."

"누구십니까?"

"여기가 온강캐시가 맞나요?"

"예, 맞는데요. 돈 빌리러 오셨습니까?"

"그건 아니고 채권 하나 사러 왔습니다."

"채권요?"

"예, 이달원 씨 채권이 여기 있죠?"

"이달원…… 이달원…… 아, 예, 이달원 씨 채권은 저희한테 있습니다만 누구시죠?"

이달원.

그는 윤현철의 동생 윤현희의 남편으로 현재 두 번의 사업을 말아먹고 사채 빚에 허덕이고 있었다.

그래서 이리로 온 것.

수호가 말했다.

"그냥 아는 사람입니다. 아무튼 이달원 씨 채권 좀 저한테 파시죠."

"뭐, 값만 쳐주신다면야 못 팔 것도 없죠. 일단 앉아서 이야기하실까요?"

온강캐시의 사장 황온강이 자리에서 일어나 자리를 권하자 그의 부하 직원이 차를 내어온다.

이윽고 다른 직원이 이달원의 채권을 가지고 오자 수호가 그것을 보며 말했다.

"……원금이 4천에 이자가 8천이네요?"

"예, 뭐. 자꾸 밀리다 보니 그렇게 불어났습니다. 그래도 회수가 완전히 안 되는 건 아니라서 악성채권은 아닙니다."

말인즉, 값을 깎을 생각이라면 꿈도 꾸지 말란 소리였다.

수호가 고개를 끄덕이며 인벤토리에서 미리 준비해 온 종이가방을 내밀었다.

"여기 원금 4천입니다."

"이자 8천은요?"

"그건 법정이자가 아니잖아요. 서류 보니까 여태 갚은 이자만 쳐도 이미 법정이자를 훨씬 넘겼던데. 그건 못 줍니다."

"예?"

그 순간 사무실의 공기가 싸늘하게 바꼈다.

사람 좋아 보이던 황온강의 미간도 굽어지기 시작했고.

그러나 수호의 목소리 톤은 한결같았다.

"나 바빠요. 얼른얼른 끝냅시다."

"하하, 이 새끼가 장난하나……."

"장난 둘."

"뭐?"

"장난하나라며? 난 장난 둘이라고."

"이거 그냥 순 미친놈이었네? 야들아!"

"예, 형님."

콰앙!!

그때였다. 분노한 황온강이 목소리를 높인 순간 수호가 그대로 황온강의 대가리를 테이블에 박아버린 건.

황온강은 그대로 스르르 쓰러졌다.

"혀, 형님! 끄러러럭!"

털썩-

털썩-

황온강이 쓰러지자 나머지 직원들도 달려들려고 했다.

하지만 그 둘은 몸을 움직이기도 전에 게거품을 물며 쓰러졌다.

수호의 위압 스킬 때문이었다.

수호는 이어서 리커버리를 사용해 황온강을 깨웠다.

"……어억."

"일어나 앉아."

"너, 너!"

"앉으라고."

살기를 담아 말하자 황온강은 그제서야 수호가 보통 인물이 아님을 알았다.

"가, 각성자이십니까?"

"응, 그러니까 더 이상 이달원 부부 귀찮게 하지 마. 나중에 내 귀에 그런 이야기 들리면 그땐 정말 가만 안 둘 거니까."

할말을 마친 수호가 채권과 현금이 든 종이가방을 챙겨 자리에서 일어났다.

그것을 본 황온강이 화들짝 놀라며 말했다.

"도, 돈은요?!"

"줄 때 받았어야지. 거절한 건 너잖아?"

"그, 그게 무슨……!"

"농담 같아?"

"……."

설마요.

황온강은 그 말이 쏙 들어갔고 이내 수호가 떠나는 걸 가만히 앉아 지켜볼 수밖에 없었다.

이윽고 수호가 떠난 뒤였다.

"하……."

10분도 안 되는 짧은 시간.

황온강은 귀신이라도 홀린 듯했다.

✱

사무실을 나선 수호는 택시를 타고 다시 어디론가 이동했다.

택시를 타고 도착한 곳은 폐허가 된 어느 동네였다.

"……."

수호는 미리 챙겨온 서류 중 하나를 살폈다.

이곳은 반 년전쯤에 게이트 쇼크가 발생한 곳으로 아직까지 복구가 이뤄지지 못 한 곳이었다.

그리고 여기는 이달원의 두 번째 가게가 있던 곳이기도 했다.

'상황이 생각보다 더 안 좋군.'

사실 수도권과 광역시 몇몇 곳을 제외하면 대부분이 이랬다.

한국 땅덩어리가 아무리 좁아도 한정된 인력으로 반도 전체를 커버하기엔 무리가 있었으니까.

그래서 늘 불행의 악순환이 되풀이된다.

현장을 살핀 수호는 다시 택시를 타고 어디론가 이동했다.

도착한 곳은 다른 동네에 위치한 식당이었다.

그곳은 '유성냉면'이라는 냉면을 파는 곳이었는데 때마침 브레이크 타임이었다.

브레이크 타임인 걸 확인한 수호가 가게 안으로 들어가자 수호를 본 사장이 말했다.

"손님, 죄송한데 지금은 브레이크 타임이라서요."

"알고 있습니다."

"네?"

"여기 윤현희 씨가 근무하고 계시죠?"

"……윤현희 씨요?"

윤현희 이름 석자가 나오자 사장이 수호를 경계한다.

일전에 황온강이 돈 때문에 여기까지 찾아온 적이 있었기 때문이다.

그래서 사장은 모르는 척 고개를 저었다.

"글쎄요? 그런 사람은 모르겠는데."

그녀의 모른 척에 수호가 속으로 웃었다.

쌀쌀맞게 생겼는데 생각보다 좋은 분이시네.

수호가 말했다.

"전 사채업자가 아니라 윤현희 씨에게 다른 볼일 때문에 왔습니다. 윤현희 씨 계시면 아람보육원에서 왔다고 전해 주시겠습니까?"

"……잠시만요."

그녀는 끝까지 수호를 경계하는 듯하더니 이내 주방 안쪽에 위치한 직원 휴게소에서 휴식 중인 윤현희에게 수호의 말을 전달했다.

그러자 안쪽에서 윤현희가 나타났고 윤현희를 본 수호가 살갑게 웃으며 말했다.

"잠시 이야기 좀 하시죠."

⁂

브레이크 타임이 막 시작한 터라 시간은 넉넉했다.

사장도 배려를 해주었고.

그래서 가까운 카페로 와서 이야기를 나눌 수 있었다.

수호가 말했다.

"단도직입적으로 말씀드리겠습니다. 전 윤현희 씨의 친오빠이신 윤현철 씨가 보내서 왔습니다."

"……네?"

화등잔만하게 커지는 그녀의 눈동자.

당연했다.

윤현철.

어떻게 그 이름을 잊겠는가?

윤현철은 그녀에게 있어 유일하게 남은 혈육인데.

게다가 그녀 또한 나중에 시간이 되면 반드시 오빠를 만나야겠다고 생각하고 있었다.

다만 그 사이에 게이트 쇼크를 겪고 양부모님이 돌아가시는 등 몰아치는 삶의 파도가 버거워 엄두를 못 내고 있었을 뿐이지.

수호의 입에서 윤현철이란 이름이 나오자 그녀가 떨리는 목소리로 물었다.

"오, 오빠는 지금 어디에 있나요?"

"청옥 교도소에 있습니다."

"……네?"

"윤현철 씨는 현재 사람 다수를 죽이고 사형을 선고받아 청옥 교도소에 복역 중에 계십니다."

"그, 그게 무슨……."

"정말입니다."

수호는 준비해온 서류 한 장을 윤현희에게 내밀었다.

그것은 윤현철이 청옥에서 복역 중이라는 사실을 증명해 주는 서류였는데 그것을 받아든 윤현희의 눈이 지진이라도 난 것처럼 떨리기 시작했다.

"보아 하니 오빠분에 대한 근황을 전혀 모르고 계셨나

보네요.”

“……예.”

“어떻게 생각하실진 모르겠지만 여기엔 사연이 좀 있습니다.”

“사연요?”

“예, 사연요.”

수호는 인벤토리에서 미리 준비해온 다른 서류들을 꺼냈다.

그것은 윤현철의 살인사건이 기록된 사건 서류였는데 수호가 그것을 내밀며 윤현철이 왜 살인을 저질렀는지에 대해 설명했다.

“…….”

윤현희는 말없이 수호의 말을 경청했다.

동시에 수호가 가져온 서류들을 살폈다.

적잖게 충격 받은 모양.

그럴 수밖에.

거의 십몇 년이 넘는 시간 만에 소식을 알게 된 건데 그 소식이 이런 것이라면 누구나 충격을 받을 수밖에 없을 것이다.

하지만 그렇기 때문에 수호는 회피하지 않았다.

오히려 강행 돌파를 선택했다.

‘윤현철은 비밀로 해달라고 했지만 그건 너무 서툰 방식

이지.'

윤현희는 바보가 아니다.

또한 윤현철을 잊고 살 만큼 나쁜 사람도 아니다.

수호가 아무리 티 안 나게 도움을 줘도 형편이 나아지면 언젠간 윤현철에 대해 찾을 것인데 뒤늦게라도 모든 진실을 알게 됐을 때 그녀가 받을 충격을 생각하면 차라리 미리 말하는 것이 낫다.

물론 이건 어디까지나 수호의 생각.

하지만 그래도 이게 최선이라 생각했다.

만에 하나 윤현희가 이 건으로 윤현철에 대한 부정적인 반응이나 혐오하는 기색을 보인다면 그것에 대한 대응도 해야 했으니까.

물론 그것에 대한 대응책도 준비해 뒀다.

수호는 자신과 관계된 모든 이들이 행복했으면 했으니.

이윽고 수호의 설명이 끝난 순간이었다.

"……."

말이 없는 윤현희.

수호는 잠자코 윤현희가 먼저 운을 떼길 기다렸다.

그녀는 멍하니 허공과 서류철 사이 어딘가를 보고 있었다.

그리고 한참의 침묵 끝에 그녀가 입을 열었다.

"흡……."

그것은.

"흐흑……."

울음이었다.

한참을 멍하니 있던 그녀는 돌연 눈물을 흘리기 시작했다.

수호는 품에서 손수건을 꺼내 그녀에게 건넸다.

피성열이 준 손수건이었다.

윤현희는 손수건을 받아 얼마간 눈물을 훔치더니 빨개진 코끝으로 이야기했다.

"우리 오빠 얼마나 힘들었을까요."

윤현희의 첫마디를 들은 순간 수호는 안도했다.

다행이었다.

그녀가 좋은 사람이라서.

그녀가 자신의 오빠를 미워하거나 원망하지 않아서.

그녀의 말이 이어졌다.

"불쌍한 우리 오빠…… 진짜 불쌍한 우리 오빠……."

그녀는 한동안 눈물을 흘렸다.

수호가 건넨 손수건이 다 젖도록.

수호는 그녀 스스로 슬픔을 갈무리할 때까지 조용히 기다렸다.

그리고 마침내 그녀의 슬픔이 잦아들었을 때였다.

"……죄송합니다. 너무 저 혼자 울었네요."

"아닙니다. 충분히 이해합니다. 그리고 저야말로 감사드립니다. 윤현철 씨의 아픔을 이해해 주셔서요."

"가족인데 당연히 이해해야죠. 물론 가족이라고 다 이해해야 하는 건 아니지만 그때의 오빠가 어디 그러고 싶어서 그랬겠어요? 전 그때의 오빠를 이해해요. 그리고 무엇보다도…… 오빠는 지금 자기가 저지른 잘못에 대한 벌도 받고 있잖아요."

말을 잇는 윤현희의 얼굴에 슬픔이 어려 있다.

말은 그렇게 했지만 안타까운 것이다.

당신을 그렇게밖에 만들 수 없었던 끔찍한 상황에 대해.

윤현희의 말이 이어졌다.

"아, 그러고 보니 아직 그쪽 성함도 모르고 있었네요. 저희 오빠가 보내서 오셨다고요? 혹시 저희 오빠랑은 관계가 어떻게 되세요?"

그 물음에 수호는 조금도 망설이지 않고 대답했다.

"제 이름은 안수호입니다. 그리고 전 한때 윤현철 씨와 함께 사업을 하던 사람이었습니다. 그러니 관계를 따지자면 사업 파트너였던 사람이죠."

수호는 솔직하게 자신의 이름을 밝혔다.

물론 이름만 솔직할 뿐이다.

역용술로 얼굴도 바꾼 마당에 신분증이라도 확인하지 않으면 그 검신 안수호라고는 절대로 생각하지 못할 테니까.

윤현희의 눈이 동그랗게 변한다.

"사업 파트너요?"

"예, 윤현철 씨는 헌터로 활동하시면서 혹시 모를 미래를 위해 재테크의 일환으로 부업을 몇 개 하고 계셨습니다. 그중 몇 가지 사업을 저랑 함께하셨는데 윤현철 씨가 그리 되면서 사업들을 모두 정리하게 되었습니다."

수호가 말을 이음과 동시에 인벤토리에서 다른 서류를 꺼내 내밀었다.

황온강에게서 받아온 이달원의 채권 서류였다.

채권 서류를 본 윤현희의 눈이 또 다시 커졌다.

"이, 이건……!"

"남편분 성함이 이달원 씨죠? 알아보니 온강캐시의 황온강 사장이 이달원 씨의 모든 채권을 가지고 있더라고요. 그래서 제가 사왔습니다."

"예?! 수호 씨가요?!"

"예, 현철 씨가 그러더군요. 어차피 자기는 감옥에 가서 돈이 필요 없게 됐으니 혹시 자신의 친동생을 찾아 재산을 넘겨줄 수 없겠냐고요. 그 대가로 처분한 재산의 일부를 수수료로 제시하셨지만 그간의 정이 있어 수수료 자체는 거절했습니다."

수호는 입을 반쯤 벌린 윤현희를 보며 계속해서 말을 이어나갔다.

"원래라면 더 일찍 윤현희 씨를 찾았어야 했는데 저도 사업을 정리해야 했고 개인적인 일정과 더불어 윤현희 씨에 대해 자세히 알아보다 보니 시간이 좀 걸렸습니다. 그래서 말인데, 윤현희 씨에게 여쭙고 싶은 게 있습니다."

"어떤……?"

"현철 씨는 자신의 재산을 윤현희 씨에게 넘기고자 함과 동시에 자신의 동생이 진정으로 행복할 수 있게 도와달라고 했습니다. 그리고 전 윤현희 씨를 찾는 과정에서 몇 가지 불편한 사실들을 알게 되었습니다. 그러니 단도직입적으로 여쭙겠습니다."

수호가 채권 서류에 적힌 이달원의 이름으로 시선을 옮기며 말했다.

"여전히 남편분을 사랑하시나요?"

부부싸움은 칼로 물 베기라고 했다.

하지만 수호가 알아낸 결과 이들 부부가 하고 있는 건 속담으로 칠 수 있는 부부싸움 같은 게 아니었다.

사채에 술에 도박에 알콜중독에 하물며 가정폭력까지.

이달원은 문제가 많은 남자였다.

그래서 사실 이달원을 어떻게 처리할지에 대해서도 이미 결과를 정해 놓고 왔다.

허나 그럼에도 윤현희에게 이런 질문을 하는 건 최소한의 확인을 위해서였다.

수호의 물음에 윤현희가 잠시 입술을 물었다.

눈도 감았다.

그리고 얼마간의 고민 끝에 천천히 눈을 뜨며 물었다.

"잘 모르겠습니다."

"왜 모르시나요?"

"그냥…… 그냥 제 감정을 잘 모르겠습니다. 이게 사랑인지 뭔지. 분명 사랑해서 결혼했고 그이가 왜 이렇게 변했는지도 압니다. 하지만……."

그녀는 말을 잇지 못 했다.

그녀도 아는 것이다.

지금 이달원이 자신에게 하고 있는 행위들은 정말 사랑하는 사람에겐 할 수 없는 행위라는 걸.

'자신이 힘들다고 가깝고 소중한 사람을 파괴하는 게 어떻게 사랑이라 할 수 있을까.'

수호는 누군가와 뜨겁게 사랑을 해본 적이 없다.

누군가와 사랑에 빠지기엔 해야 할 것들이 너무 뚜렷했고 목구멍에 차오른 현실에 허덕이기 바빴으니까.

하지만 사랑을 해본 적이 없어도 뭐가 옳고 그른지는 안다.

수호가 고개를 끄덕이며 말했다.

"예, 뭐, 상황 자체는 잘 알고 있습니다. 두 번의 사업 실패. 원인은 게이트 쇼크로 인한 가게의 파괴. 그 탓에 빚더미에 올랐고 상황이 많이 힘들어졌으며 그로 인해 마음의 여유 또한 작아졌다는 걸요. 하지만."

수호가 채권을 다시 품에 넣으며 말했다.

"정말로 사랑한다면 힘든 상황 속에서도 서로에게 희망이 되려고 노력하지 절망을 주고 싶진 않을 겁니다. 물론 이달원 씨가 이렇게 된 것에 대한 궁극적인 원인은 게이트 쇼크에 있다는 걸 잘 압니다. 하지만 저는 그렇게 생각합니다. 이달원 씨는 게이트 쇼크가 아닌 다른 상황으로 힘들어졌어도 윤현희 씨에게 똑같이 행동했을 거란 걸요."

수호가 자리에서 일어나며 말했다.

"사람은 쉽게 안 변합니다. 그리고 윤현철 씨 역시 자신의 사랑하는 동생이 사랑이란 이름하에 고통받고 있는 걸 보고 싶지도 원치도 않을 겁니다."

수호가 시간을 확인한 후 말했다.

"곧 가게 브레이크 타임이 끝날 것 같으니 전 잠시 어딜 좀 다녀오겠습니다. 그럼 근무 끝나실 쯤에 다시 찾아오겠습니다."

수호가 가볍게 목례한 후 먼저 카페를 나서려던 순간이었다.

"혹시요."

"네?"

"그 사람이 변하겠다고 한다면요?"

변하겠다라.

그 말에 수호가 피식 웃으며 말했다.

"변할 수도 있겠죠. 새로 태어난다는 말도 있으니까요.

하지만 아까도 말씀드렸지만 대부분의 사람들은 잘 안 변합니다. 그러니 한번 확인해 보고 오겠습니다. 윤현희 씨가 고민하고 계신 그 감정의 진실에 대해서."

말을 마친 수호가 먼저 카페를 나섰다.

그리고 수호가 나간 뒤, 윤현희는 멍하니 식은 음료를 바라보았다.

식은 음료 속에 비친 윤현희 또한 그녀를 바라본다.

*

수호는 택시를 타고 다시 어디론가 이동했다.

그렇게 도착한 곳은 간판 하나 없는 어느 낡은 상가였는데 2층으로 올라가자 낡은 철문 하나가 보였다.

수호는 고개를 들어 천장 언저리에 붙어 있는 CCTV를 보았다.

수호는 인벤토리에서 현금 일부를 꺼내 CCTV 앞에 흔들었다.

그러자 철컥 소리와 함께 문이 열렸다.

문이 열리자 철문 안에 갇혀 있던 소음이 새어 나왔다.

자욱한 담배 연기.

그리고 그 사이를 비집는 욕설과 테이블 치는 소리.

그곳은 도박장이었다.

수호가 입장하자 직원으로 보이는 문신 덩어리 하나가 수호에게 다가와 물었다.

"게임하러 오셨습니까?"

"예, 뭐. 근데 그전에 사람 한 명만 좀 찾읍시다."

"사람은 왜요?"

"볼일이 있어서요. 걱정 마시죠. 분위기 안 흐리고 조용히 볼일만 보고 나갈 테니. 그래서 말인데, 여기 이달원 씨 어디 있습니까?"

수호가 말과 함께 지폐 몇 장을 쥐여 주자 덩어리는 피식 웃더니 그것을 챙긴 후 주변을 둘러보기 시작했다.

그러더니 한쪽 구석에 앉아 카드를 치고 있는 남자를 가리켰다.

"저기 검은색 모자 쓰고 있는 사람이 이달원입니다."

수호는 덩어리가 가리킨 방향으로 다가갔다.

그러자 그곳에는 눈자위가 푹 꺼진 채 공허한 표정으로 카드를 치고 있는 남자가 보였다.

이달원이었다.

"맞네, 이달원."

사진과 똑같이 생겼다.

이달원은 웬 남자가 자신의 이름을 부르자 퀭한 눈빛으로 고개를 들어 수호를 보았고 수호가 그의 옆자리에 앉으며 물었다.

"이달원 씨죠? 온광캐시에서 나왔는데 잠시 이야기 좀 하실까요?"

"……저번 달 이자는 이번 달에 한꺼번에 갚겠다고 그쪽 사장님한테 말씀드렸는데?"

"압니다. 근데 사장님이 뭐 좀 물어보고 오라셔서요."

"뭔데요?"

"사장님 지인 중에 이달원 씨 와이프를 좋게 생각하는 분이 계시는데 혹시 세 달치 이자를 면제해 드릴 테니 와이프분 한번 소개시켜 주실 의향이 있냐고 하셔서요."

그 순간, 카드를 치던 이달원이 눈을 조금 키우며 수호를 보았다.

"……뭐라고요?"

"불쾌하시면 거절하셔도 됩니다."

"……하."

헛웃음을 터뜨리는 이달원.

그러더니 재떨이에 침을 한번 뱉고는 한숨을 푹 내쉬었다.

그가 수호를 다시 쳐다보며 말했다.

"여섯 달."

"네?"

"여섯 달치면 소개해 드리겠습니다."

"여섯 달이라."

그의 대답에 이번에는 수호가 웃었다.

"하하, 고맙네요."

"뭐가요?"

"혹시라도 괜찮은 사람이면 어떡하나 싶었거든요."

"예?"

그 순간.

쾅!!

수호가 그의 머리통을 재떨이 위로 처박아 버린 건.

이달원은 그대로 기절해 버렸다.

죽지는 않았다.

죽을 리가 있나.

일부러 힘 조절해서 내려찍었는데.

그런데 주변 반응이 더 가관이었다.

"……."

"……."

"……."

조용하기 그지없는 주변.

수호에게 두려움을 느껴 침묵하는 게 아니었다.

그들은 한 번씩 이달원을 힐긋 보았으나 이내 자신의 카드로 눈길을 돌렸다.

그래.

이런 게 도박장이지.

그래도 관심주는 이가 있긴 했다.

딱 한 명.

아까 수호에게 팁을 받아 갔던 문신 덩어리였다.

"어이!"

성큼성큼 다가오는 문신 덩어리.

그는 미간 좁힌 그대로 이달원을 한번 힐긋 보더니 수호에게 말했다.

"푸닥거리할 거면 나가서 하쇼. 업장 분위기 흐리지 말고."

그게 전부였다.

덕분에 수호는 이달원을 들고 조용히 도박장을 나가 건물 옥상으로 향했다.

옥상에는 아무도 없었다.

수호는 일어나라는 의미에서 이달원을 거칠게 바닥에 내던졌다.

"……."

그런데 반응이 없다.

아까 너무 세게 내려찍었나?

수호는 리커버리를 사용해 녀석을 깨웠다.

"으음……."

신음하며 일어나는 이달원.

그러더니 퍼뜩 정신이 들었는지 수호를 보자마자 경악했다.

"왜, 왜 이러시는 겁니까!"

수호는 대답 대신 이달원의 아혈을 짚었다.

그런 다음 녀석의 하체 몇 곳에 구심혈을 짚어 완전히 주저앉아 못 일어나게 만든 후에야 입을 열었다.

"보통 너 같은 놈들이 인복을 타고났더라. 얼굴이 잘생긴 것도 아닌데 대체 윤현희 씨는 어떻게 구워삶은 거야?"

"으으으……!"

"이거 보이지?"

수호가 품에서 온강캐시에서 가져온 채권을 보여주며 말했다.

"길게 말 안 할게. 윤현희 씨랑 이혼해. 그리고 두 번 다시 윤현희 씨 앞에 나타나지 마. 그럼 이 채권 말소시켜 줄 테니까."

"……!"

채권 말소라는 말에 이달원의 눈이 본 것 중 가장 커졌다.

놀란 것도 놀란 것이지만 녀석의 두 눈에는 기적을 본 듯한 희열이 가득했다.

'쯧쯧, 로티플을 잡아도 이렇게까진 안 기뻐하겠다.'

수호가 물었다.

"동의하면 고개 끄덕여."

끄덕끄덕!

격하게 고갤 끄덕이는 이달원.

차라리 이 광경을 윤현희가 보지 못 해서 다행이다.

만약 이 꼴을 봤다면 그건 그것대로 그녀를 두 번 죽이는 일일 테니.

수호가 혀를 차며 다른 서류를 꺼냈다.

이혼 서류였다.

"협의 이혼서다. 지장 찍어."

수호는 이달원의 손을 들어 피가 흐르는 이마에 그의 엄지를 비벼 천연 인주를 만들어 주었다.

그런 다음 준비해온 다른 서류들에도 지장을 찍게 한 다음에야 채권 서류를 건넸다.

채권을 받아 든 이달원의 두 눈이 떨린다.

수호는 이달원의 하체에 눌러놓은 혈자리를 해제하며 물었다.

"왼손잡이야? 오른손잡이야?"

수호의 물음에 이달원이 오른손을 든다.

수호는 그가 오른손을 들자마자 손목과 손 곳곳의 구심혈을 눌렀다.

또 하반신의 다른 혈까지 눌러 고자로 만들었다.

"으으?!"

"마음 같아선 반병신을 만들고 싶은데 이 정도로 참는다. 폭언을 했으니 평생 말을 못 하게 될 것이고 그 손으로 마누라를 때렸으니 평생 오른손도 제대로 못 쓸 거다. 그리고……."

수호는 시선을 옮겨 녀석의 고간을 보았다.

"사내새끼가 남자구실을 못 했으니 그에 대한 벌도 내린다. 여기서 끝내는 걸 다행으로 알아. 시대가 널 이렇게 만든 것도 있으니 죽이지 않는 것뿐이니까."

"……."

볼일을 마친 수호가 옥상을 벗어난다.

*

이달원 문제를 해결한 수호는 윤현희가 근무하는 냉면집으로 향했다.

그녀의 근무가 끝나기까진 아직 시간이 좀 남았으므로 우선 거기서 식사나 할 요량이었다.

"회냉면이랑 육전, 그리고 만두로 주세요."

주문은 윤현희가 받았다.

수호의 주문에 그녀는 다소 황당하단 표정을 지었으나 어쨌든 손님으로 왔으니 일단 주문을 받았다.

그 후 음식을 서빙해 주자 수호는 맛있게 그것들을 먹었다.

그리고 식사가 끝나갈 무렵, 윤현희가 얼마 지나지 않아 근무복을 벗고 수호 앞에 섰다.

그 모습을 본 수호가 물었다.

"벌써 끝나셨어요?"

"사장님이 일찍 보내 주셨어요."

"그래요?"

센스도 좋으셔라.

수호는 냉면집 사장님께 목례해 보인 후 윤현희와 함께 밖으로 나왔다.

그런 다음 냉면집에서 어느 정도 떨어졌을 때 이달원에게 받아온 이혼 서류를 내밀었다.

"이건……."

"채권 이야길 하니 1초도 고민 안 하고 지장 찍었습니다. 협의이혼에 필요한 모든 서류에 도장을 받았으니 현희 씨만 사인해서 제출하시면 됩니다. 요즘은 법이 바뀌어서 협의이혼은 절차가 간단해졌거든요."

"……."

수호의 담백한 어조에 윤현희는 할 말을 잃었다.

자신의 손에 들린 이혼 서류를 보자 생각이 많아졌기 때문이다.

그러나 눈물을 흘리진 않았다.

아니, 오히려 고마웠다.

덕분에 마음 정리를 빨리 끝낼 수 있었으니까.

그래서 와이프 소개 같은 이야기도 하지 않았다.

굳이 꺼내서 그녀를 두 번 죽일 필요는 없으니.

그녀가 서류를 접어 가방에 넣은 후 수호에게 말했다.

"이렇게 될 거란 걸 이미 예상하시고 다 준비해 오셨나 보네요."

"그렇기보단 제가 번거로운 걸 싫어해서 모든 경우의 수를 준비해 왔습니다."

"……궁금한 게 몇 가지 있는데 물어봐도 되나요?"

"편하게 물어보세요."

"청옥에 가면 오빠를 만날 수 있는 건가요?"

"접견은 수감자가 허락해야 할 수 있습니다. 하지만 원하신다면 제가 말을 전달해 놓겠습니다. 현철 씨는 현희 씨를 볼 자신이 없다고 했거든요."

"그럼 부탁 좀 드릴게요. 그리고 이건 여쭤보려다가 만 건데……."

그녀는 우물쭈물하더니 이내 질문했다.

"오빠 여자친구분은…… 지금 어떻게 지내세요?"

"돌아가셨습니다."

"네?"

"그 일이 있고 난 후 윤현철 씨까지 청옥에 수감되자 정신적으로 괴로워하시다 스스로 목숨을 끊으셨습니다."

"아……."

윤현철 앞에서도 하지 않았던 이야기.

수호는 이미 알고 있었기에 언급하지 않았고 윤현철은

언급조차 하기 싫었기에 일부러 말하지 않았다.

하지만 윤현희는 알고 싶었다.

아니, 알아야 했다.

"……그럼 그놈들은 오빠가 다 죽인 건가요?"

"뭐, 결과적으로 이야기하면 그렇긴 합니다."

"그게 무슨 말인가요?"

"원래는 한 명이 살아남았습니다. 당시 상황 자체가 일 대다수의 상황이었고 윤현철 씨가 그놈들 모두를 죽여야겠다 생각하고 덤볐기에 가해자들을 대부분 죽일 수 있었으나 딱 한 놈은 구사일생으로 살았습니다. 하지만 그 녀석도 죄를 저질렀기에 감옥에 수감되었는데…… 죄목이 죄목이다 보니 청옥에 수감되었고 비슷한 시기에 수감된 오빠분이 감옥 안에서 그놈을 죽였습니다."

"아……."

예견된 결과였다.

일반인 범죄자였다면 살해당할 걸 대비하기 위해 다른 곳에 수감하겠지만 각성자 범죄자들 중 흉악범은 대부분이 청옥에 수감된다.

그렇다 보니 이런 사건이 발생하는 것.

수호가 말했다.

"그러는 윤현희 씨는 이제 어쩌실 생각이십니까?"

"어쩌다뇨?"

"남편 때문에 대전에 와 살고 계신 거잖아요. 근데 이젠 이혼했으니 더 이상 대전에 남아 있을 이유가 없지 않나요?"

"그건……."

맞는 말이긴 했다.

애초에 대전에 온 것 자체가 이곳이 남편의 고향이어서였으니까.

하지만 그렇다고 그녀에게 돌아갈 고향이 존재하는 건 또 아니었다.

그녀가 대답하지 못하자 수호가 말했다.

"서울로 가시죠."

"……서울이요?"

"나고 자란 곳이 서울이시잖습니까. 그러니 다시 서울에서 새롭게 출발하시죠. 대전보단 서울이 더 안전하기도 한데다 오빠분이 남겨준 돈이 꽤 되니 세이브 구역에서 지내시기엔 충분하실 겁니다."

수호가 휴대폰을 조작해 그녀의 폰으로 문자 한 통을 넣었다.

"제 연락처입니다. 오늘 많은 일이 있어서 혼란스러우셨을 텐데 한번 생각해 보시고 연락 주세요. 그리고 이달원 씨는 앞으로 윤현희 씨 눈앞에 나타나지 않을 겁니다. 두 번 다시 눈에 띄지 않는다는 조건도 걸었거든요. 그러니 지금 지내고 계신 집의 보증금도 현희 씨가 가지시면 됩니다."

"아…… 네, 감사합니다."

"오빠분 재산 이전도 해야 하니 언제든 연락주세요. 아 참, 그리고 혹시 부탁 하나만 드려도 될까요?"

"부탁요?"

"네, 윤현철 씨한테 현희 씨 만나고 왔다는 걸 증명해야 되서 그런데 사진 한 장만 좀 같이 부탁드릴게요."

"……네?"

"하핫, 부탁 좀 드리겠습니다."

"아, 네……."

수호는 정중하게 사진 요청을 한 뒤 함께 셀카 한 장을 찍었다.

"감사합니다. 그리고 마지막으로……."

사진 촬영을 마친 수호가 그녀를 향해 손을 뻗었다.

[힐이 발동됩니다.]

[리커버리가 발동됩니다.]

화악!

수호는 그녀에게 스킬 두 개를 사용했다.

이달원에게 맞은 멍이 아직 덜 빠졌을 테니 그녀의 멍을 지우기 위함과 동시에 혹시 모를 잔병치레까지 제거하기 위함이었다.

그리고 마침내 볼일을 마친 수호는 다시 정중히 인사한 뒤 그제서야 대전역으로 향했다.

그렇게 서울역에 도착할 때쯤이었다.

위이잉-

전화가 왔다.

발신자는 조진휘.

수호가 전화를 받았다.

"예, 기자님."

- 안 프로님, 지금 어디십니까?

"저 지금 서울역입니다."

- 서울역이요? 대전이 아니라?

조진휘가 이렇게 묻는 이유.

아니, 그전에 조진휘에게 연락이 온 이유는 다름 아닌 수호가 기차 안에서 포스팅한 별스타 게시글 때문이었다.

- 대전의 유성냉면, 맛있어요.

수호가 직접 포스팅한 두 번째 게시글.

하지만 그건 첫 번째 게시글인 박궁분식 때와 마찬가지로 음식 사진 한 장과 짤막한 글귀 한 줄이 전부였다.

심지어 이번에도 해시태그는 '#맛집' 하나뿐.

하지만 반응은 몹시 뜨거웠다.

- 검신님이 유성냉면이 맛집이랍신다!

- 유성냉면으로 가즈앗!

- 아, 여기 나만의 작고 소중한 맛집이었는데 ㅅㅂ 이젠 가볍게 먹지도 못 하겠구나.

- 와, 벌써 대전행 기차표 매진된 거 봐.

- 저번에 분식집도 맛있던데 여기 진짜 맛집인가 보다.

포스팅한지 얼마나 됐다고 벌써 좋아요와 댓글이 미어터지려고 한다.

그래서 조진휘도 연락한 것이다.

서울에 있어야 할 사람이 갑자기 대전에 있다고 해서.

수호가 말했다.

"잠깐 업무차 다녀왔습니다."

- 아하, 그러시구나. 그나저나 정말 게이트부로 발령 나셨나요?

"아, 안 그래도 연락드리려고 했는데 게이트부로 발령됐습니다. 피성열 부장이 직접 이야기했어요."

- 결국 원하시는 대로 되셨네요. 축하드립니다.

"네, 아마 내일쯤 기사 나갈 겁니다. 부당인사나 로열 같은 건 없었다면서."

참 재밌는 현상이다.

따지고 보면 수호는 정당하게 특수부로 갈 수 있음에도 불구하고 고작 여론 좀 들썩인다고 협회 최초이자 최연소 만점자라는 인재를 게이트부로 발령시켜 버린 꼴이니까.

'하지만 그런 줏대 없는 심지 덕분에 내 맘대로 할 수 있게 된 거지만.'

조진휘가 웃으며 말했다.

- 그럼 간만에 출근길 포토타임 한번 가지십니까?

"제가 음방 뛰는 아이돌도 아닌데 출근길 포토타임씩이나 할 필요가 있을까요?"

- 그냥 팬서비스 같은 거죠, 뭐. 논란이 없었다고 인증도 해줄 겸. 제가 부탁 하나 들어드렸으니 이번엔 제 부탁도 좀 들어주세요. 팬카페에 수호 씨 사진 원하는 사람이 아주 많습니다.

"알겠습니다. 기자님도 늘 제 부탁 들어주시니 내일 정시출근 때 입구에서 뵙겠습니다."

- 후후, 감사합니다. 근데 이제 시보 기간도 끝나셨는데 축하 파티라도 간단히 해야 되지 않겠습니까? 여론 흉흉하다고 최연소이자 최초의 만점자가 되셨는데도 표창장 하나 못 받으셨을 것 같은데.

역시 조진휘.

그런 건 귀신같이 잘 안다.

수호가 웃으며 말했다.

"그럼 이따 저희 집에서 간단하게 한잔하시죠."

- 좋습니다! 그럼 이따 뵐게용!

이윽고 통화가 종료됐고 수호가 피식 웃으며 차를 주차해둔 서울역 주차장으로 향한다.

*

다음 날.

수호는 조진휘에게 약속한 대로 대헌협 정문으로 정시에 출근했다.

"안수호다!"

"검신이다!"

"카메라! 카메라!"

카메라가 많이 보인다.

그럴 수밖에.

다들 오늘이 수호가 시보가 아닌 정직원으로 출근하는 첫날인걸 잘 아니까.

"안수호 씨! 여기 좀 봐주세요!"

"검신님! 카메라 좀 봐주세요!!"

"안 헌터!"

"안수호!!"

기자를 비롯한 유튜버와 수호의 팬들이 저마다 각자의 방식으로 수호를 부르짖는다.

수호는 너무 빠르지도 너무 느리지도 않은 속도로 정문을 향해 걸었고, 얼마간 걸음을 옮기던 차 한쪽 방향을 주시하며 손가락으로 V표시를 만들어 주었다.

그쪽은 조진휘의 카메라가 있는 방향이었다.

'서비스 좋고.'

전날 조진휘는 수호의 안전가옥에서 수호의 동거인들과 가볍게 한잔했다.

그리고 기어코 방금 전과 같은 서비스 샷을 약속받아 내는데 성공했다.

'빨리 안신전에 올려야지.'

연사로 카메라를 갈긴 조진휘는 만족할 만큼의 성과를 받아냈다.

그리고 퇴장했다.

인터뷰 같은 건 안 해도 된다.

이따 수호가 공무원증을 받으면 그때 따로 찍어서 보내주기로 했으니까.

수호 역시 딱 약속한 대로 행동했고 기자들을 지나쳐 정문에 들어간 순간이었다.

"아휴, 아침부터 공사가 다망하십니다, 그려."

입구에서 수호를 반겨주는 이.

정철민이었다.

정철민은 늘 그렇듯 일찍이 출근했는데 입구에 기자들이 몰려 있는 걸 보고 안쪽에서 수호를 기다리고 있었다.

정철민을 발견한 수호가 웃으며 말했다.

"안녕하세요, 일찍 나오셨네요?"

"나야 뭐 늘 일찍 나오지. 근데 오늘은 웬일로 정시출근

했대? 맨날 일찍일찍 다니더니."

"어제 과음을 좀 해서 여유 있게 나왔습니다."

"과음? 아니, 과음은 둘째치고 너도 숙취란 게 있어?"

"있죠, 저도 사람인데."

"흐음……?"

있을리가 있나.

수호가 보통 각성자도 아니고 진즉에 인외의 경지에 도달한 사람인데.

하물며 리커버리를 사용하면 숙취까지 싹 날려 버린다.

그러니 예나 지금이나, 그리고 앞으로도 수호에게 숙취란 존재할 수가 없는 것.

그렇기에 정철민도 고개를 갸웃거리며 말했다.

"아무튼 정식으로 첫 출근 축하해. 이건 선물."

"이건……."

정철민이 내민 것.

다름 아닌 소속 표시가 된 정식 공무원증이었다.

수호가 공무원증을 받으며 웃었다.

"드디어 받게 되네요."

"좋아?"

"좋죠, 그럼. 얼른 가시죠."

"그래, 얼른 가자. 소개해줄 사람이 많아."

"아, 그전에……."

찰칵!

수호는 새로 받은 공무원증의 사진을 찍었다. 게이트부 소속이란 글자가 잘 보이도록.

그 모습을 본 정철민이 물었다.

"누구한테 보여주게?"

"그냥 기념사진요."

"싱겁긴."

두 사람이 게이트부로 향한다.

우선은 게이트부 부장부터 만났다.

수호의 등장에 부장실에 앉아 있던 고성록 부장이 특유의 밝은 표정으로 수호를 반겨주었다.

"반가워요, 안 헌터. 아, 아니지. 이젠 안 부팀장이라고 불러야 되지?"

고성록 부장은 여전히 재수가 없을 정도로 신수가 훤했다.

그는 더 이상 위험한 현장에 안 나가고 사무실에서 서류 결재나 하기 때문이다.

수호 역시 사회적 미소를 지으며 화답했다.

"예, 그렇게 됐습니다. 잘 부탁드리겠습니다, 부장님."

"그래, 그래. 나도 게이트부에 있는 동안 잘 부탁할게. 그럼 업무들 봐."

두 사람은 이어서 게이트 관리과 과장 마두원에게도 인사를 돌렸다.

마두원 역시 고성록 만큼이나 신수가 밝다.

"허허, 어이고 화제의 스타께서 우리 과로 오다니 역시 사람 앞날은 몰라, 그치?"

빙글거리며 말하는 마두원.

그 말에 정철민이 미간을 살짝 좁혔다.

물론 입은 웃고 있다.

정철민도 아는 것이다.

사정을 다 알고 있을 텐데도 저리 말한다는 건 그냥 배려 없이 막 지껄였다는 것이니까.

그러나 수호는 아무렇지 않다는 듯 웃으며 말했다.

"그러게나 말입니다. 아무튼 잘 부탁드리겠습니다."

"허허, 그래, 그래. 우리 부서에 있는 동안 정 팀장이 잘 보살펴 주도록 하고…… 그나저나 우리 안 부팀장은 시보떡 돌렸나?"

시보떡은 시보 기간 중 정식 임용을 앞둔 시보 공무원이 정식 공무원으로 임용될 때 돌리는 떡으로 쉽게 말하면 여러분들 덕분에 정식 임용이 될 수 있었으니 감사의 의미로 돌리는 떡을 말했다.

시보떡이란 말에 수호가 속으로 피식 웃었다.

'그래. 대헌협도 꼴에 정부기관이라고 시보떡 문화가 있었지.'

현대의 시보떡은 악습이라면 악습이었다.

아니, 시보떡은 아주 오래 전부터 악습이었다.

진심에서 우러난 감사가 아닌 허례허식처럼 굳어진 관습이었으니까.

그래서일까?

수호는 문득 옛날 생각이 났다.

'옛날에 시보떡 때문에 욕도 먹었었는데.'

수호가 시보떡 때문에 욕 먹은 이유.

시보떡의 존재를 몰라 시보떡을 안 돌려서 욕 먹은 게 아니었다.

오히려 돌리고도 욕을 먹었다.

왜?

시보떡 돌릴 때 진짜 떡을 돌렸다는 게 이유였다.

'참 어이가 없었지.'

시보떡이라길래 당연히 떡으로 사가면 될 줄 알았다.

그래서 근처 떡집에서 백설기를 사서 돌렸는데 왜 물어보지도 않고 멋대로 떡을 돌렸냐며 한소리 들은 것.

'요즘 누가 떡을 돌리냐고 그랬지. 쿠키나 컵과일이면 모를까.'

결국 그날 산 시보떡은 절반도 넘게 남았고 수호는 잘나가는 카페의 쿠키를 사서 다시 돌릴 수밖에 없었다.

그땐 그러지 않으면 큰일 나는 줄 알았으니까.

마두원 과장의 물음에 정철민이 대신 대답하려던 찰나,

수호가 먼저 대답했다.

"아직 안 돌렸습니다. 근데 그거 꼭 돌려야 하는 건가요?"

"응? 그게 무슨 말이야?"

"정말 궁금해서 여쭤봤습니다. 들어 보니 요즘은 안 돌리는 곳도 많다고 들어서요. 근데 필요하시면 돌리겠습니다. 근데 시보떡은 진짜 떡으로 돌리면 되나요?"

"야, 야 왜 그래?"

수호의 물음에 정철민이 급하게 옆구리를 찌른다.

정말 놀란 것이 두 눈도 휘둥그레 커졌다.

수호의 말에 마두원도 당황했는지 헛웃음을 삼켰다.

"허허…… 이거, 정 팀장이 옆에서 많이 알려줘야겠는데?"

"죄송합니다. 안 부팀장이 아직 어려서 그렇습니다. 제가 잘 가르치겠습니다."

"그래…… 정 팀장이 좀 미리미리 알려주고 해. 안 부팀장은 나중에 또 보도록 하자고. 아무튼 임용 축하해."

"예, 감사합니다. 과장님."

인사를 마친 수호는 정철민의 손에 끌려나오듯 과장실을 나오게 됐다.

과장실을 나온 직후였다.

정철민이 목소리를 낮추며 말했다.

"아이고 수호 씨…… 그냥 가만히 있지, 왜 그랬어?"

"일부러 그랬습니다."

"뭐?"

"제가 먼저 말 안 했으면 팀장님이 알려주셨을 건데 팀장님께 부담드리기 싫어서 더 윗사람에게 확실하게 여쭤본 겁니다."

"……허?"

수호의 말에 정철민이 헛웃음을 터뜨린다.

그러더니 한쪽 입꼬리를 올리며 말했다.

"수호 씨 진짜 또라이네? 아니, 근데 내가 그런 말하는 거 안 부담스러워 할 수도 있잖아?"

"에이, 팀장님은 좋은 분이시라서 부담스러워 하실 것 같았습니다. 그리고…… 이번 기회에 시보떡 풍습도 한번 없애보려고 생각 중에 있었습니다."

"그게 무슨 말이야? 시보떡 풍습을 없애다니?"

"제가 잘하는 것 있지 않습니까."

"수호 씨, 설마?"

"하하."

수호는 그저 웃어 보일 뿐 디테일한 대답을 하지 않았다.

그러자 눈치 빠른 정철민이 혀를 내둘렀다.

"가만 보면 수호 씨는 참 인생을 편하게…… 아니, 쉽게 사는 것 같아."

"좋은 게 좋은 거 아니겠습니까. 근데 반대는 안 하시네요?"

"안 하지. 사실 나도 그거 별로 안 좋아하거든. 시보떡 문화. 대체 누구 좋으라고 하는 건지 원."

역시.

정철민이라면 그리 말해줄 줄 알았다.

그래서 참 기뻤다.

전생에 비하면 아직은 얕은 친분이지만 그럼에도 정철민이란 사람은 참 한결같아서.

정철민이 웃으며 말했다.

"그럼 이제 우리 자리로 가자고."

"옙, 알겠습니다."

정철민은 수호를 데리고 관리과 구석에 위치한 자신의 팀으로 향했다.

특수관리2팀.

그게 정철민이 팀장으로 있는 팀의 정식 명칭이었다.

'첫 시작이 특수관리팀이라.'

관리과에는 3개의 팀이 존재한다.

게이트를 민간과 거래하는 거래팀.

그리고 공영 게이트나 안전 등급을 받은 게이트들을 관리하는 일반관리팀.

마지막으로 위험 요소가 보이는 모든 게이트를 전담하는 특수관리팀.

정철민은 특수관리팀 중에서도 2팀의 팀장이었다.

정철민이 팀원들의 빈자리를 보며 말했다.

"아. 생각해 보니 오늘 전부 타지 출장 잡혀 있구나."

흔한 일이다.

특수관리팀이라고 해봤자 두 팀이 전부라 특수팀 사람들은 거의 자리에 붙어 있기가 힘들다.

그때였다.

"여, 정 팀장. 그 친구가 그 친구야?"

낯선 목소리에 고개를 돌려 보니 웬 남자가 정철민에게 아는 체를 한다.

특수관리1팀의 팀장 오봉주였다.

정철민이 인사했다.

"아, 예. 이번에 저희 팀 부팀장으로 발령받은 안수호 씨입니다. 수호 씨, 인사드려 여기는 특수1팀의 오봉주 팀장님."

"안수호라고 합니다."

"허허, 반가워요. 호록."

웃으면서 커피를 홀짝이는 그.

그리고 수호는 그가 누군지 아주 잘 알고 있었다.

'그렇군. 이 시기엔 오봉주가 1팀 팀장으로 있었지.'

오봉주.

같은 팀장이면서도 자연스럽게 정철민에게 반말을 하는 그는 놀랍게도 정철민의 고등학교 선배였다.

그리고 그는 결코 좋은 선배가 아니었다.